इश्क़ के अस्सी घाट

इश्क़ के अस्सी घाट

कहानी-संग्रह

अभिषेक शर्मा

अंजुमन प्रकाशन

अंजुमन प्रकाशन

942, मुट्ठीगंज, प्रयागराज-3 उत्तर प्रदेश, भारत
www.anjumanpublication.com
contact@anjumanpublication.com

प्रथम संस्करण अंजुमन प्रकाशन द्वारा 2021 में प्रकाशित

प्रकाशन अधिकार : अंजुमन प्रकाशन, प्रयागराज
आवरण व टाइप सेटिंग : अंजुमन प्रकाशन

ISBN : 978-93-88556-74-3

अधूरी प्रेम कहानियों का पूरा पता

यह शहर ही इश्क़ वाला है। यहाँ जिसे इश्क़ हो जाता है उससे पूछिये कि उसे आखिर कितने 'घाट- घाटों' का पानी पीना पड़ता है। कितने घाटों से होकर 'इश्क़' परवान चढ़ता है और कितने घाटों के ठाठ को निहारते-निहारते सुबह से शाम और शाम से फिर रात हो जाती है। इश्क़ के पायदान पर कदम रखते ही भीतर दस्तक अपने आप धुक-धुकी के रूप में होने लगती है। इसके परवान चढ़ने से लेकर दीवाना-परवाना और न जाने कितने शब्दों में डूबता-उतराता इश्क़ घर से घाट तक का पानी पीता है। अमूमन यह 'सतरंगी इश्क़' जिसे लोग 'इश्क़ का रंग सफेद' कह बैठते हैं असल में वह रंगे ही नहीं हैं कभी इसमें, वैसे होता यह रंगभेद से भी परे की चीज है। इसमें जिस भी भाव के रंग को मिला दें, उसी में रंग और रच बस जाता है, इसीलिए 'रंगरसिया' भी कहना गलत नहीं होगा।

'घाट-घाट' का पानी पीने वाले इश्क़जादे और इश्क़जादियों से ही पूछिए जिनको न होने वाला इश्क़ हो जाता है तो क्या-क्या और कैसे-कैसे

बीतती है।... और ऊपर से कभी बनारसी इश्क़ हो तो घाट के बिना सब इश्कियापे वाला किस्सा ही अधूरा नजर आता है। इस घाट से उस घाट तक मिलना और फिर कब देखते-देखते 'इश्क़ के अस्सी घाट' हो जाते हैं समझ नहीं आता। बचपन में सुना था 'अस्सी घाव लगे थे तन में, लेकिन व्यथा नही थी मन में' संदर्भ राणा साँगा के युद्ध के मैदान में घायल होने से था मगर गौर करेंगे तो उस जंग के मैदान में भी कुल घाव भी गिने गए तो अस्सी ही निकले थे। इश्क़ के घावों और दावों की मंजिलें अधूरी हों तो भी इश्क़ ही कहा जायेगा।

गंगा पवित्र हैं, जिनके सभी घाट प्रेम से भरे हुए हैं। मगर ममता की छाँव सब 'इश्क़जादों' पर एक समान नही पड़ती। कभी घाट वाक करें तो यहाँ आपको इश्क़ जेठ में कुम्हलाते भी नजर आएगा। घाटों के प्राचीन मंदिर की धूप में लम्बी होती शिखर की छाँव के बीच इसे लड़ते-झगड़ते और झुराते भी देखा है। सावन में कदम दर कदम घाटों पर चढ़ते नदी को देखा होगा तो समझ जाएँगें कि घाट वाला प्रेम कैसे कदम दर कदम बढ़ता और चढ़ता है। सावन में छम-छम की बरसात के बीच बूँदें नदी की ओर और नदी सीढ़ियों का रुख कर रही होती हैं। एक की गति तेज होती है तो दूसरी अहिस्ता-अहिस्ता रुख करती है। यहाँ बूँदों का नदी से यह मिलन भी सावन में प्रीत सरीखा भाव उत्पन्न करता है। गौर करें तो लगता है, मानो 'पायल की छम-छम में कल-कल की सुर पगने को हर घाट बेताब हो।' यह मिलन एकाकी भी है, अगले सीजन तक बिछोह वाली बेताबी भी और प्रीत भरी एकाकी भी। रिमझिम फुहारों में भीगता, इठलाता और सपनों को अगोरता इश्क़, घाटों पर झीने कपड़ों को भिगाता और ठंडी हवा में सुखा कर उड़ाता भी है।

पूस की वह शाम भी काली चाय में नींबू निचोड़कर थरथराते काँपते होंठों को यहीं किसी घाट पर सम्बल देते नजर आते हैं। होठों पर आते हँसी ठिठोली के भाव और गंगा की रेत से गंगधार तक उठती धुँध चाय की प्याली में मानो समाने को आतुर हो उठती है। सर्दियों में अमूमन घाट पर यह चाय की प्याली भी इश्क़ हो जाती है। 'जोड़ों' के बीच यह चाय भी 'दर्द

भरी सौतन' उस समय नजर आती है, जब दूध और नींबू वाली चाय की पसन्द बहस का मुद्दा बन जाती है। साहब यह इश्क़ बनारस है, यहाँ इश्क़ भी घाट-घाट का पानी पीकर सीढ़ियों पर चढ़ता और उतरता है। यह पानी भी उतार देता है बड़े - बड़े इश्क़जादेयों के।

बहरहाल! फर्क नहीं पड़ता कि कैसा मौसम है, यहाँ साल भर एक ही मौसम होता है 'इश्क़ बनारस' टाइप का। यहाँ जोड़ों पर बसन्त बारहों महीने छाया रहता है। यहीं कहीं डूबता है, उतराता है और घाट किनारे भी लगता है। डूबने वाले साफगोई से बताते हैं - 'मोक्ष की नगरी काशी में डूबना भी मोक्ष मिलने सरीखा है।' फिर इश्क़ में डूबे तो तैरना आखिरकार हाथ-पैर मारने के बाद आ ही जायेगा। नहीं तो कोई न कोई घाट पहुँचा ही जायेगा। घाट पहुँचाने वाले भी अपने ही मिलेंगे इशिकयापे में। कुरेदिए तो सही कभी ऐसे लोगों को, घाट लगने से लेकर घाट लगाने तक की नेमत शब्दों में 'अंकवार इश्क़' उतर जाएगा।

पहले से लेकर अस्सी के बाद भी घाट हैं, और आगे पड़ाव भी है। भरोसा न हो तो 'इश्क़ के अस्सी घाट' उतर कर देख लीजिए। दावा है- अधूरी प्रेम कहानियों का पूरा पता आपके कभी पोस्ट न हुए खतों में छिपी हुई 'खतायें' गिनाता नजर आएगा। ये कहानियाँ आपकी हैं, आपके अपनों की हैं, आपके सपनों की हैं जिनके पूरा होने की आस में सुबह थोड़ा देर से सोकर उठने की जानबूझकर की गई आपकी वह हिमाकत यकीनन गुदगुदा और मन ही मन बुदबुदा जाएगी।

यह डूबता-उतराता, इठलाता-इतराता, बोलता-बतियाता, बुनता-गुनता और घाट-घाट का पानी पीता और न जाने कितनों को पानी पिलाता इशिकयापा है। 'इश्क़ के अस्सी घाट' आपको हर घाट के इशिकयापे वाले ठाठ से रूबरू कराएगा। 'जिसे घाट का किनारा मिल गया उसे इश्क़ मुबारक, जो घाट के किनारे बैठा रहा उसे इश्क़ मुबारक, जिसे घाट ने मिटा डाला उसे इश्क़ मुबारक और जिसे घाट ने मिला दिया उसे भी इश्क़ की मुबारकबाद।'

वैसे इश्क़ के अस्सी में से आपने कितने घाटों घाटों का पानी पीया है?
...अगर अब तक नही पीया तो भला आपने इश्क़ को कहाँ जिया। ...और
अगर नही जिया तो शुरू हो जाइये पन्ना दर पन्ना इश्क़ के अस्सी घाटों तक
का अन्तिम-सा इश्कियापे वाला सफर तय करने के लिए।

अनुक्रम

1

इश्क़ के अस्सी घाट

गंगा नदी की कल-कल करती अविरल धारा और अँधियारी रात, यही अमावस सी ही शायद वह रात थी। मन ही मन घाट से छँटती भीड़ के बीच गुमसुम वह शायद कई अँतर्द्वंद से गुजर रही थी। तमाम सवालों के बीच उभरते अपनो के अक्स और अपनों के सवालिया चेहरे। जाने क्यों काट खाने को आतुर थे। घाट पर सर्द रातों का सघन होता जा रहा कोहरा भी उस रात को दूधिया रोशनी में भयावह बना रहा था। घर से भागी लड़की की वह अँधियारी रात और घाट का मुर्दहा सन्नाटा और सन्नाटे को तोड़ती नदी की अविरल और बेचैन सी धारा...।

वह दो कदम नदी की ओर बढ़ती और पीठ पर लदे बैग को सँभालती और फिर नदी के किनारे-किनारे कुछ दूर तक टहल आती मानो जीवंतता की अभी भी कोई आस बाकी है। माँ-बाप भाई-बहनों से भरा- पूरा परिवार जिसके आसरे छोड़ आई थी वह भी घाट छोड़ते किनारे की ही मानिंद था। उसे किनारे ही लगा गया था। शायद जो किनारे पर लक्ष्य और परिणाम के

अंतहीन अँतर्द्वंद से जूझ रही थी। सहसा गहरी साँस भर कर नदी की ओर उसके कदम मचल गए। ...और आहिस्ता-आहिस्ता जूते नदी की पहली लहर के थपेड़ों को सह कर सिहर गए। उफ्फ! बहुत ठंडा है नदी का पानी भी मानो जान ही निकाल देगा। फिर मन ही मन बुदबुदाती भी रही ''मरने ही तो आई हूँ, फिर क्या फर्क पानी ठंडा हो, गहरा हो, मटमैला हो...''।

ठंडे नदी के पानी से उसके स्पोर्ट्स शूज भीग गए थे, जज्बा डूब मरने का था मगर फिक्र अब जूतों के भीग जाने का अधिक सताने लगा। सहसा कँपकँपी छूट गई उसके जिस्म से जो लाल जैकेट में भी उसके शरीर को भी मुकम्मल तौर पर सँभालने में अक्षम से प्रतीत हो रहे थे। छिटककर वह नदी के किनारे से हट गई और इधर-उधर गौर से देखने लगी। कुछ तरुण-तरुणियाँ दूर चाय की चुस्कियों में व्यस्त थे तो दो चार युवा उसकी ओर ऊपर घाट पर मानो किसी अवसर की ताक में निहारते नजर आये।

अब सिहरन और बढ़ गई जो स्पोर्ट्स शूज भीगने की वजह से थी। वह भी भागकर ऊपर चाय की चुस्की लेकर खुद को गरम रखने की चाह रखती थी। मगर वहाँ से उसे खा जाने वाली नजरें आधी रात को भी निहार रही थीं। वह फिर से संयम रखती है और खुद से सवाल करती है- ''यस आई कैन... मरने ही आई हूँ, चाय पीने नहीं।'' मेरे मरने से तमाम सवाल खत्म हो जाएँगें। मर जाऊँगी, सब खत्म... रिश्ते-नाते... मोह - माया ...और वह भी जिसकी वजह से घर से भागी थी। उफ्फ वो साला तो फिर नई लड़की खोज लेगा... वो क्यों नही मरेगा? छिनार कहीं का, हरामजादा, रंडी की औलाद।'' आक् थू... सारा गुस्सा नदी की मद्धम लहरों पर उतार डाला। सिहरन बढ़ने के साथ उसे अब खुद पर तरस आने लगा।

उसे मर्दों के तमाम रूप भी नदी की लहरों में झिलमिलाते दिखे। उसे वह चेहरा भी दिखा जो मजाक-मजाक में बोलता था- ''तुम्हें किसी लड़के ने आइटम नही बोला क्या?''

और छूटते ही - ''हट! कुत्ते खून कर दूँगी तेरा...'' और वो हँसता चिढ़ाता, बाय - बाय बोलता भाग जाता था।

सहसा सब कुछ छोड़ने से पहले उसके हाथ पर्स में बन्द पड़े मोबाइल को मुट्ठी में कैद कर लेते हैं। स्विच ऑफ हो चुके फोन को ऑन कर उसी लड़के का नम्बर खोजने लगी। सर्च में उसका नाम डालते ही उसकी कार्टून जैसी तस्वीर उभर गई और काल बटन रात करीब नौ से दस बजे के बीच काँपती उँगलियों के बीच दब गए।

पूस की वह बनारस में ठंडी रात जो तीसरे मंजिल के उस फ्लैट में खुली खिड़कियों से सुरसुरी बनकर कमरे में भी नीरसता भर रही थी। गर्म कपड़ों में चाय की चुस्कियों के बीच वाइब्रेंट मोड फोन पर फोन ने ही आखिरकार घूँ-घूँकर कमरे में पसरा सन्नाटा तोड़ा। फोन उठाते ही जाने पहचाने उस नंबर से आवाज आई - ''हाय कैसे हो, कहाँ हो।''

एक पल में कई यादें रेल के डिब्बों की भाँति मन के एक छोर से दूसरे छोर तक धड़धड़ाते हुए गुजर गए। जवाब में बस इतना ही निकल सका - बढ़ियाँ, रूम पर ही हूँ, क्यों?

सिलसिला बढ़ता उससे पहले उसी ने पूछ लिया- ''पहले बताओ पहचाना मुझे या नहीं?''

''हम्म मैं मैं, मैं... तुम वो...।

भूल गए न- ''तुम्हारी...वो ... आइटम''

सहसा याद ताजी हो गई- ''ओह माई गॉड... कित्ता लकी हूँ? बोल पगली कैसे याद आ गई?''

उधर से अगला जवाब जरा भी अपेक्षित नहीं था, मगर सुनना ही पड़ा - ''सुसाइड करने आई हूँ, घाट पर हूँ। कुछ लोग मुझे खा जाने वाली नजरों से घूर रहे हैं... बहुत ऑड लग रहा... तुम आ सकते हो?''

पूरा बदन काँप उठा था- ''तुमको हो क्या गया इतनी रात को, आर यू मैड?''

तुम भी यकीन नही करोगे (...और यह बोलते हुए बुरी तरह फफक कर रो पड़ी)। उसका अगला सवाल जो कभी भी नहीं भूलने वाला साबित

हुआ - ''आ सकते हो क्या आख़िरी बार? प्लीज कुछ बोलो, जवाब दो...।''

उस आवाज को मन पहचानने से सहसा इनकार कर बैठा, क्या ये वही है जो घुड़कती रहती थी, क्या वही रुआब वाली वो लड़की अन्विता है जो बिंदास होकर सड़क पर साथ चलते हुए कभी भी कुछ भी धमाके कर राह चलते लोगों को चौंकाती हुए चलती थी।

मन इधर भी भारी सा होकर किसी आशंका में घिर गया और अटकते अटकते पूछ बैठा- ''रो क्यों रही हो? व्हाट हैपन? क्या हो गया अचानक तुमको? सब ठीक-ठाक तो है न।''

(एक झटके में कब, क्यों और कहाँ जैसे सवाल मानो रेल की पटरी पर एक साथ धड़धड़ाते हुए गुजर गए)

एक लंबी खामोशी और तमाम सिसकियों के बीच सहसा खामोशी टूट गई- ''कुछ मत पूछो, बस प्लीज चले आओ... आख़िरी बाऱ प्लीज... भगवान के लिए।''

मन में तमाम शंकाएँ-आशंकाएँ और बेचैनी बढ़ाती धुकधुकी और घबराहट के बीच अटकते हुए शब्द आकार पा ही गए- ''बोलो तो सही आना कहाँ है...?''

मोबाइल कान पर लगाए हुए तंद्रा तब टूटी जब उस तरफ से आवाज आई - ''अस्सी घाट पर ही मन्दिर के बाहर खड़ी हूँ।''

इस पल में लम्हों की कीमत समझ आने लगी और यादों के घोड़ों में अपना ब्रेकप भी अस्तबल में बँधा नजर आया। एक धड़कन कहती थी ''उससे नहीं मिलना तो नहीं मिलना, दूसरी धड़कन कह उठती.... प्लीज।'' असमंजस और कशमकश से गुजरते हुए लबों ने कुछ पल की खामोशी को तोड़ ही दिया- ''प्लीज आँसू नही, मैं आधे घंटे में पहुँच जाऊँगा। ओके! प्लीज खुद को सँभालो।

तन पर गर्म जैकेट डालकर जूते का फीता कसते हुए खुद को भी कस

रहा था, उससे खुद का सामना करने के लिए। कमरा लॉक कर, कदम कब तेजी से सीढ़ियों से सरपट नीचे पहुँच गए अंदाजा ही नहीं लगा। यह गली आगे मुड़ती भी है या नहीं अंदाज नहीं हो रहा था। बनारस की गलियों में घूमने वाले साँडों से बचने का आज मौका नहीं था, कदम बस सीधे सड़क की ओर सरपट बढ़ गए थे। कदम इस समय सड़क से दूर थे मगर गुजरते ऑटो को दूर से ही

''ऑटो, ऑटो''

''साला आज कोई ऑटो रुकने को भी तैयार नहीं था। वरना रोज तो गली के नुक्कड़ पर ही सबकी दुकान सजी रहती थी।'' क्या बकबका रहा था खुद से नहीं पता। तंद्रा तब टूटी जब एक ऑटो वाले ने खुद ही हॉर्न बजाकर बोला - ''ओ बाबू, कहां चलैके हौ?''

''अस्सी'' (मुँह से बस यही निकल सका)

रास्ता अधिक दूर नहीं मगर ट्रैफिक मेहरबान हो तो घाट दूर ही कितना है? ऑटो में बैठते ही हुर्र की मद्धम आवाज के साथ ऑटो बढ़ चला अस्सी घाट। वह अस्सी जहाँ असि नदी का कभी मेल था। ''वरुणा और असि नदी का मेल ही वाराणसी का सबब बना था और आज यहाँ उससे मिलकर समुद्र हो जाने की बेताबी थी।

आधे घंटे तक जाम और झाम से जूझते घाट पर पहुँचते ही सीढ़ियों पर वो मिली। साल भर पहले जिसके चेहरे पर आभा थी समाज को बदल देने की, लोगों की खातिर जीने की, एक लम्हें बाद फ्लैशबैक से लौटा और उसे झिंझोड़ कर पूछा-

''क्या हुआ तुमको?'' (हाथ बुरी तरह थामकर जाने क्या नजर लगाने सरीखा वह चेहरा देख रही थी, अचानक मायूसी में डूबे चेहरे पर आँसुओं की अनगिन कतारें बिछ गईं और वो इतनी फफक-फफक कर रो पड़ी, मानो ''इसके बाद उसे ताउम्र फिर दोबारा नहीं रोना हो।'' जिससे खूब लड़ती थी उसे सामने पाकर दहाड़ें मारकर उससे लिपट गई मानो- ''वृक्ष से कोई लता लिपट कर खुद को समृद्ध पाती हो।'' अहिस्ता-अहिस्ता वहाँ से

अकेले में दहाड़े मारकर रोती लड़की को निहार रहे तमाशबीनों की भीड़ घाट से छँटने लगती है)

शब्द फूटे भी तो बस इतना बोल सके - ''प्लीज हाथ मत छुड़ाना, मत जाना मुझे छोड़कर... मर जाऊँगी यहीं डूबकर।''

(सर्दियों की भीषण गलन भरी रात में उसने जिन हाथों से थाम रखा था वह भी मानो बर्फ की मानिंद ऊष्मा लेकर जमी बर्फ को पिघलाने की कोशिश में थी)

मन हल्का करने की कोशिश करते हुए - ''आओ घाट की सीढ़ी पर बैठते हैं लोग अजीब नजरों से देख रहे हैं''

''देखने दो, शायद फिर मुझे यह सब क्या तुम भी न देख सको।''

(जिसको दो सालों से ठठाकर हँसते और जूझते देखा था वह इतनी कमजोर असहाय और जीर्ण-शीर्ण हालत में यों मिलेगी कल्पना से परे था यह सब देख पाना)

इसी बीच सर्दियों में घाट पर केतली लेकर घूमते चाय वाले से - ''ए चाय वाले दो कप देना।''

(इस दौरान उसने अनजाने भय से हाथ नहीं छोड़ा, जाने क्या चल रहा था उसके मन में जो दोस्ती से अलहदा सी आज लग रही थी)

गौर से देखा वो बुदबुदा रही थी - ''प्लीज मुझे थाम लो मरना नहीं चाहती मैं...।''

''हुआ क्या? यह तो बताओ पहले, आँसू पोछ लो, तुम्हारे चेहरे पर यह कमजोरी नहीं देख पाऊँगा, बी ब्रेव। चलो बताओ...।''

''वो-वो न....''

''हम्म बोलो'' (इस बीच जिन हाँथों से उसने पकड़ रखा था वह पकड़ और सख्त होती गयी)

एक गहरी साँस लेकर उसके लब आजाद होकर बोल पड़े- ''अपने

रिश्ते जिस डायरी में लंबे समय से कैद थे, वो कब से फड़फड़ा कर आजादी चाह रहे थे। बस दूर जाकर उन दिनों की यादें ताजा किया करती थी। जाने कब और कैसे डायरी डैड के हाथ लग गई और बाकी अब जो है सब तुम्हारे सामने है। सोचा था नहीं मिलूँगी कभी भी, मगर किस्मत को शायद यही मंजूर था जब सब तरफ से निराश हो गई तो मुझे कोई और याद ही नहीं आया। तुम तो जानते ही हो, क्या छुपाना कि तुम मेरी आखिरी उम्मीद तब भी थे और आज भी हो?''

...और भी न जाने क्या-क्या वो कहती रही और मैं उसके बेबस चेहरे पर आते-जाते भाव पढ़ता रहा। इस दौरान उस पल को याद कर दोनों आँखों के कोर गीले हो उठे थे, जब हम दोनों ने अलग होने का फैसला किया था। फैसला ही तो था, जब हम एक हो नहीं सकते थे तो अलग होना ही रास्ता बचा था।

टूट कर रोई थी उस दिन जब माँ ने उसे फोन करके बोल दिया था- ''डायन छोड़ दे मेरे बेटे के प्राण।''

जाने क्यों घरों के बड़े बुजुर्ग अपना अधिकार इस हद तक जता देते हैं कि नए रिश्ते जन्म लेने से पहले ही दम तोड़ देते हैं।

याद आता है जब उसने रिश्ते तोड़ने से पहले इन कंधों को आँसुओं से तर कर दिया था। कुछ वही आँसू आज महसूस कर रहा हूँ, बस वो इन कंधों से थोड़े फ़ासले पर हैं।

ये सर्दियाँ जितनी जालिम हैं उतनी जालिम अपनी आखिरी वह सुखद मुलाकात भी थी। यही घाट था, बस दस्तूर और मौका बीती बारिश का था।

हम्म फिर... (सवाल करते ही उसने गहराती रात की मानिंद गहरी साँस ली, ''मानो फिर से प्राण वायु को लेकर जीने की ललक बढ़ गयी हो...)''

थोड़ा सोचने के बाद बोल पड़ी- ''मैंने बहुत सोचा फिर महिला हेल्पलाइन को फोन कर सब कुछ बताया। मुझे लोकल थाने में पाँच घंटे पुलिस वाले बैठाए रहे, ऊल- जुलूल और तरह-तरह के सवाल करते रहे।

मैं उनसे डैड के खिलाफ एफ0आई0आर0 दर्ज करने को बहुत बोली मगर वो दूसरे थाने का मामला बता कर सिर्फ इधर-उधर की बात करते रहे। मैंने जीरो एफ0आई0आर0 की बात कही फिर वो इधर-उधर घर फोन मिलाये मगर मुकदमा नहीं लिखा।''

''पढ़ी-लिखी हो, पिंक फिल्म देखकर जीरो एफआइआर लिखवाने चल दी? ...और तीन दिन से यह सब चल रहा है और मुझे अब बता रही हो...'' (अब मुझे उसपर गुस्सा आने लगा, शायद झल्लाने की वजह उसकी नादानी और नासमझी थी जिससे वह खुद दुश्वारी में फँसती चली गयी थी)

फिर एक खामोशी के बाद शब्दों ने आजादी पाई - ''मैं मुकदमा लिखवाना चाहती थी, ताकि डैड मेरे सामने आयें। फिर मुझे लगा कि पुलिस कुछ नहीं करेगी तो शाम को यहाँ चली आई गंगा जी में मरने।''

''फिर अब तक विसर्जित क्यों नहीं हुई?'' (शायद उसकी बेवकूफियों से मन और खीझ रहा था)

''नहीं मर पाई हिम्मत नहीं पड़ी मेरी, फिर तुम्हारा ख्याल आया। प्लीज बचा लो मुझे।''

उसे समझाते हुए - ''पागल मत बनो, इतनी रात हो चुकी है अब घर जाओ।''

वो भी कम जिद वाली नहीं थी- ''प्लीज आख़िरी अहसान कर दो मुझपर। डैड मुझे मरा मान चुके हैं, तुम भी मान लो मर गयी, पर एक बार प्लीज। उनको अपना ही खून गंदा लगने लगा है, उनको इज्जत प्यारी है बेटी नहीं। तुम भी चाहो तो मुझे गलत कह लो।''

अब उसकी बातें तकलीफ ज्यादा देने लगी थीं, मन में रोष था और बोल पड़ा - ''गलत सोचता तो शायद यहाँ न होता। देखो घाट खाली हो रहा है और तुमको माँ के पास जाकर सब बताना होगा। तुम गलत हो या सही, दोनों ही हालातों में साथ हूँ। न हो तो माँ से बात कराओ मेरी...।''

एक लम्बे झिझक के बाद उसने फोन से बात कराई, उसकी माँ ने मुझे अहसास दिलाया कि पति के कहर से बचाने में वो सिर्फ मदद कर सकती हैं, आखिर जिद कर बेटी को बाहर पढ़ाने का फैसला उन्हीं का था। ... और भी न जाने क्या-क्या।

मगर बेटी की मनोदशा जानकर बेटी को पाने की उनकी चाह उनकी भावनाओं में उभर आई - ''हाथ जोड़ती हूँ मेरी बेटी जिंदा लौटा दो''। (भरोसा पाकर उनके काँपते हुए शब्दों को फोन से महसूस करता रहा)

फोन कट होते ही - ''हो गयी बात माँ से? क्या बोलीं? यही न कि मैं गलत हूँ और मुझे मर जाना चाहिए।''

''नहीं, उन्होंने तुमको सेफली घर पहुँचाने का मुझसे वादा माँगा है...''

(उसने मेरी ऊँगली थाम ली, जैसे मासूम बच्चे अभिभावकों की ऊंगली थाम कर इस आस में चल देते हैं कि उसके साथ पॉजिटिव ही कुछ होगा। रात को झींगुरों की आवाज के बीच घाट पर हाथ थाम कर घाट की पूरी सीढ़ियों को तय करते हुए ऑटो लेकर उसके सुरक्षित घर पहुँच जाने तक भी चिंता बनी रही)

घर पहुँचकर उसने देर रात दो बजे फिर फोन किया- ''पता है थोड़ी देर पहले डैड मेरे लिए आधी रात को ढाबे से मेरा फेवरेट मटन लाने गये हैं। ... और हाँ थैंक्स, मैं जिन्दा हूँ तुम्हारी बदौलत, अब सब नार्मल है।''

यह सुनकर इधर भी पलकें भारी थीं। कुछ बोझ था इन पर जिसे वाकई छलक ही जाना चाहिए था। याद आए वो पल जब आखिरी बार हम मिले थे, उसी घाट पर।

उस दिन रिमझिम बरसात के बीच गंगा का किनारा और उसके आने के इंतजार में जाने कितने सिगरेट फूँक डाले होंगे। रिमझिम सी बरसात सावन की फुहारों की मानिंद जिस्म को सहला रही थी और गुदगुदा भी रही थी। यह इश्कियापे का मौसम और उसके मुझसे लगभग महीने भर बाद मिलने का दिन था। बेचैनी से ढल रही शाम को जीने में घाट की सीढ़ियाँ

भी बूँदों को जज्ब करती हुई नदी से मिलने को व्याकुल भाव में मानो आमंत्रित कर रही थीं।

''मौसम भी उसकी यादों की ही तरह करवट लेता तो रिमझिम और अँगड़ाई लेता तो मानो बिजलियाँ भी गिराने पर उतारू हो जातीं।'' इंतजार के बढ़ते पलों को सिगरेट की कश में उतार कर पलों को जीने की कोशिश थी कि तभी अचानक दूर छाते में बारिश से खुद को बचाते इस तरफ वह आती दिखी। आधी सुलगी हुई सिगरेट झट से स्वतः कदमों में जा गिरी और बूँदो की अलसाई सी धार में बुझते चली गयी। आते ही उसकी मुस्कान और रक्त होठों की लालिमा संग उसके हाय कहने के मादक अंदाज ने दिल की धुकधुकी बढ़ा दी थी।

इधर भी बोल फूट पड़े - ''हाय, मुझे तो उम्मीद ही नही थी कि बारिश में आ सकोगी... कोई दिक्कत तो नहीं हुई?''

''क्यों दिक्कत होती तो मुझे साथ लेकर घर से आते क्या?''

सोचते हुए बोलना पड़ा - ''कहकर देखो, घर भी शायद आ जाऊँगा।''

उसके आँखों से छलकी शरारत लबों पर उतर आई - ''है हिम्मत''?

''जितनी हिम्मत तुम दे दो उतनी हिम्मत के साथ आ सकता हूँ।''

''अच्छा जी! इश्किायापे की बू आ रही है।''

''ओह, शुक्रिया, शुक्रिया।''

''शुक्रिया माई फुट, सिगरेट के बदबू की बात कर रही हूँ जिससे तुम इश्क़ किये बैठे हो।''

''उफ्फ, सॉरी... छोड़ दूँगा।

''उन्ह, मुझे छोड़ दोगे मगर सिगरेट तुमसे छूट जाए, नेवर।''

''कान पकड़ कर उठक बैठक कर लूँ तो मान जाओगी।'' (यह ख्याल शायद मुझे ही था)

‘‘बहुत सारे लोग हैं, ये ड्रामा लोग नहीं हजम कर पाएँगे।’’

(बात तो सही थी, यह प्रेम के जज्बात होते ही कुछ ऐसे हैं जो आसपास की नजरें और जमाने को नजरंदाज करने की घुट्टी सी पिला देते हैं...)

इसी बीच घाट पर ही ब्लैक टी बेचने वाला रिमझिम बरसात में करीब आकर बोला- ‘‘साहब... चाय?’’

‘‘ह्म्म, दो दे दो।’’

इसी बीच बात को काट दिया उसने - ‘‘तुमको चाय चलेगी न, सिगरेट की तरह बदबू नही होती इसमें’’

‘‘ओहो, बक्श दो सिगरेट को बाबा।’’ (जाने वो क्यों सिगरेट की इंसल्ट करने पर आज तुली हुई थी, मेरे साथ एक दो बार उसने भी कश मार कर कभी बोला था ‘‘जिंदगी धुवाँ-धुँवा हो गई साली...’’)

बात आगे बढ़ाने और सिगरेट से मोड़ने की कोशिश के बीच- ‘‘ये बताओ इस बारिश और शाम में घर पर क्या बोल कर आई हो’’?

‘‘बोल दी डैड से कि बॉय-फ्रेंड से मिलने जा रही हूँ, रोमांटिक वेदर भी तो है।’’ (यह कहते हुए उसने छाते को सिकोड़ कर मेरी ही तरह खुले आसमान में चाय का सुड़प्पा मारना शुरू कर दिया... जब-जब उसके चेहरे पर कोई बूँद टपकती तो मेरे हाथ बरबस उसे साफ करने की कोशिश करने को बढ़ते और वह सकुचाकर इधर-उधर देखने की कोशिश करती मानो कोई देख रहा हो और उसे उन नजरों से छिपकर और करीब आना हो... और बढ़ते सवालों का दौर)।

हालाँकि उसकी बातों पर भरोसा नहीं था- ‘‘झूठ बोल रही हो, सच्ची बोलो न क्या बहाना मार दी आज’’।

‘‘भरोसा नहीं क्या?’’

‘‘है, मगर ऐसा भी कोई लड़की बोल सकती है?’’

‘‘मैं बोलके आ रही हूँ’’ ना डैड से।

''अच्छा? ...और डैड बोले होगें -जा सिमरन जा जी ले अपनी जिंदगी।''

''ऐसा तो नही मगर कुछ ऐसे ही वड्स थे उनके।''

''क्या?''

''डैड बोले- बॉय फ्रेंड को मेरा हाय बोलना, नकारा होगा तो लग जायेगी।''

''क्या लग जायेगी?''

''हाय और क्या?''

''ओहो, अगर बॉय फ्रेंड नकारा नहीं'' हुआ तो?

''तो भी लग जायेगी।''

''क्या?''

''लॉटरी''

''तो क्या लगने वाली है मेरी?'' (अब सोचने की बारी इधर ही थी)

''ऑब्वियसली क्हाट ही लगेगी और क्या?'' (यह कहते हुए ठठाकर उसका हँस पड़ना मुझे भी गुदगुदा गया)

''अच्छा सच बताओ डैड को क्या वाकई यही बोली हो?''

''हम्म, कोई शक? मेरे डैड हैं कोई विलेन थोड़ी हैं जो...''

''हम्म, उनको खतरा नही फील होता कि बेटी कहीं परेशानी में फँस जाये तो?''

''लास्ट टाइम उन्होंने बोला था जिन्दगी जी लो, आवारागर्दी भी कर लो, फर्क नही पड़ता... कुछ गड़बड़ हुई तो डैडी जिंदा हैं सब बैलेंस करने के लिए''।

''तो तुमने क्या-क्या डिसाइड किया?''

''आवारागर्दी चुन ली... और क्या?''

"डैड को बोलना आवारा बॉयफ्रेंड भी उन्ही की तरह सोचता है।"

"अच्छा पता है, फिर वो क्या बोलेंगे?"

"नो आईडिया"

"बोलेंगे -मेरी तरह चूतिया मत खोजना जो तुम्हारी मम्मी की सिर्फ जली कटी चौबीसों घण्टे सुनता रहे, मर्द खोजना मर्द।"

"मैं सुना भी तो देता हूँ" (खुद की तारीफ करते हुए)

"शादी से पहले डैडी भी शेर हुआ करते थे।" (जाने क्यों डैड के पीछे पड़ी थी वो आज)

"जैसे मैं?"

"बारिश में बुरी तरह भीगे हुए हो, पूरे भीगी बिल्ली सॉरी भीगे बिल्ले लग रहे हो।"

..."और तुम बारिश में भीगकर बिल्कुल बिजलियाँ गिरा रही हो।" (तारीफ करते हुए)

"अच्छा जी, झटके तो तुमको शादी के बाद के बाद ही लगेंगे।"

"डरा रही हो?"

"उन्ह,... मुसीबतों का अहसास करा रही हूँ।"

"क्यों?" (यक्ष प्रश्न उठा था मन में)

"ताकि फिर बाद में शिकायत न हो कि क्या मुसीबत गले पड़ गई।"

"अभी पड़ जाओ।" (बेहयाई के साथ)

"धत् पागल..." (यह कहते - कहते खिलखिलाते हुए सीने से लिपट पड़ी, मानो दूर नदी के किसी छोर पर बादल ज़मीं पर एकाकार होकर क्षितिज को ढँकने की तमाम नाकाम कोशिशों से गुजरने को व्याकुल हों...)।

2

आवारगी भरी क़ैद

क्या? महिलाओं वाली जेल... घर से भागी, आवारा लड़कियों का कैदखाना। जिसने भी सुना था, यही प्रश्न उसने किया। वाजिब ही था, समाज इस तरह के कैदखानों को रैन बसेरा कभी नहीं मान सका और न ही मुख्यधारा की महिला बंदी। मकसद उस खास महिला बंदी से मिलना था जिसे बहुत करीब से जानता था, झूठ नहीं जाने कितनों की क्रश थी ...मेरी भी।

एक दिन बोला भी था कि पसंद करता हूँ तुझे तो बोल पड़ी- ''चिल मार यार''।

मन मारकर बोला था- ''नहीं। चिल विल नहीं मारना''।

आँख मारकर उसने गाल पर चपत लगाते हुए जवाब दिया था- ''साले, फिर क्या मारने का इरादा है।'' (उफ! यही उसकी बेहयाई की बेधड़क अदा थी जो अक्सर लाजवाब कर देती थी)

हाँ, मुझे जाना है उसे कैद से मुक्त कराने, लंबी गहरी साँस भरकर खुद को तैयार करते समय न जाने कितने सवालों से खुद को घिरा पा रहा था। कैद से रिहाई की ओर का यह मंजर घर से निकलने के बाद कदम दर कदम आशंका, हताशा, निराशा और उम्मीद की डोर से पगा हुआ नजर आ रहा था। जितने कदम तय होते उसके बीच का फासला मानो मीलों की दूरी की याद ताजा करा रही थी। ऑटो की गति भी तब जान पड़ी जब ऑटो वाला बोल पड़ा।

''साहब वो सामने है आपकी नूर मंजिल।''

''नूर मंजिल, ये क्या होता है?'' (मेरे ही सवाल फूट पड़े)

''वो पागल टाइप की लड़कियों की मंजिल को हम ऑटो वाले लोग नूर मंजिल ही बोलते हैं'' (हँसते-ठठाते किराया लेकर वो बढ़ गया)

नूर मंजिल, भला यह कैसा नाम हुआ। सोचता, विचारता बढ़ गया उस ओर जहाँ आज मुलाकात तय थी। तय समय के मुताबिक औपचारिकता पूरी करते हुए मुलाकात वाले कमरे में मामूली सुरक्षा जाँच के बाद भेज दिया गया। भेजा क्या, बढ़ा दिया आगे... चल-चल निकल वाले भाव से।

जिस कमरे में मिलना था वहाँ सीलन और बैठकें भी नकारा सी महसूस हो रही थी। इसी दरम्यान उसके आने की आहट ने तन्द्रा भंग कर दी, वो जिससे मिलने आया था जो ''घर से भागी थी''। भागी क्या अभागी अधिक थी।

देखते ही बोल पड़ी - ''आखिर तुम यहाँ भी आ ही गए।''

''कोई वजह नहीं थी तुम्हें तकलीफ में देखकर न आने की।'' (कुछ खामोशी के बीच)

''अफसोस, एक गिलास पानी भी नहीं पूछ सकती तुमको।'' (बेधड़क सी होकर)

''हम्म, इट्स ओके, तुमको देख लिया तसल्ली मिल गई यही काफी

है।'' (मुझे याद है हम दोनों का जब भी मिलना होता था तो कोल्ड कॉफ़ी और फिर आइसक्रीम की जुगलबंदी फिर मौसम सर्दी का हो या गर्मी का... उसकी संवाद अदायगी गजब की थी। जहाँ बैठती, बस महफ़िल जम जाती। जाने कितनों की पीठ पर उसकी हथेली हुआ करती थी, सबके लिए खड़ी आज वही मेरे सामने असहाय खड़ी थी)

''ओय! हेल्लो क्या सोचने लगे?''

''कुछ नहीं, बस यूँ ही फ़्लैश बैक में लौट गया था।''

''क्यों? आज मुझे देखकर अच्छा नहीं लगा।'' (चुभता सा सवाल था)

दूसरों की आजादी के लिए लड़ने वाली खुद कैद है, उस कैद की नुमाइश का गवाह होना तकलीफ देह है।

(हँसते हुए) ''जानते हो मेरी ही तरह कई हैं यहाँ, अब तो मन सा लगने लगा है इन आवारा संगियों संग। तुम बोलो, गर्लफ्रेंड पटाई कोई कि अभी भी जॉब ने तुमको पटा रखा है।''

''आज वाकई तुम्हारा मजाक अच्छा नहीं लग रहा। वकील से मिलकर आया हूँ... केस बहुत टिपिकल नहीं है, जल्द ही छूट जाओगी।''

''छूट कर कहाँ जाऊँगी? किसके पास जाऊँगी? क्यों तुम रखोगे मुझे?''

''रख लूँगा।'' (थोड़ा सकुचाते हुए)

''आवारा और घर से भागी हुई का ठप्पा लगा है, वहाँ से भी भाग गई तो?''

''कैद में तो तुमको तब भी नहीं रख सके जब तुम गलत राह पर थी।''

''गलत थी तो हाथ रोक क्यों नहीं लिया था बढ़कर?''

''तब तुम भी यही समझती कि नारी को कोई बढ़ते नहीं देखना चाहता।'' (आरोप लगाते हुए)

''गलत सोहबत में बढ़ गई थी। घर वालों ने भी तो वापसी की राह नहीं छोड़ी, तुम तो खैर बाहरी थे।''

''एक बात पूछूँ''

''मत पूछो, उस रिश्ते की सफाई देने की मुझमे हिम्मत नहीं।''

''हम्म'' (...और क्या बोलता)

''जानते हो, सरकारी योजना यहाँ भी है मेरी ही तरह तमाम आवारा औरतें यहाँ हैं। सबकी शादी करवाने और घर बसाने का हर साल क्रम चलता है। परसों भी कुछ आवारा लड़कियाँ नए घर जाएँगी, उनको भी घर वालों ने ठुकरा दिया था। (ठठाकर हँसते हुए)''

''नए घर वाले भी अपना लें तो बड़ा सौभाग्य।'' (असमंजसन शब्द फूट पड़े)

''बोलो तुम्हारे लिए भी कोई खोज दूँ यहीं? कोई आवारा कैदी?''

''तुम्हें आजाद होना पड़ेगा।'' (आँखों में आँखें डालकर)

''तुम कैदी बनोगे?'' (बेहयाई के साथ)

''हम्म मंजूर है।''

''सोच लो, अछूत हूँ समाज के लिए ...और समाज से अलग तुम भी नहीं।'' (आगे की भविष्यवाणी करने लगी थी)

''समाज की परवाह होती तो यहाँ न होता।''

जानते हो यहाँ हम आवारा औरतों का अपना समाज है। तुम्हारी दुनिया से थोड़ी अलग सी, हम सभी मिलकर बाहरी दुनिया मे मौज से जी रहे मर्दों को आवारा कहकर तसल्ली कर लेती हैं कि औरतें आवारा हुईं तो भला क्यों?''

''कुछ और?'' (बातें भटका रही थी वो तो सवाल करना ही पड़ा)

''नहीं सुनना चाहते मुझे?''

“इस आवारा कैद से तुमको निकालने के बाद।”

(इसी बीच सूचित किया गया कि समय खत्म हो गया...)

“देखा न, समय भी आवारा हो गया है।”

“हम्म... जल्द ही आता हूँ।”

(पलकों की नमी संग उसका विदाई वाला अभिवादन भीतर तक छलनी करता चला गया, मेरी भी पलकें छलछला गईं जाने भीतर तक किसी दर्द ने असर किया था)

बाहर निकलते ही सिक्योरिटी ने रोक कर पूछा- “सुनो, उस लौंडिया के यार तो नहीं हो? सब अपनी सेटिंग से ऐसे ही टसुवे बहाते यहाँ मिलने आते हैं। लै जाव निकाल के घर दुवार बसाय लो। आवारागर्दी में कुछ बचा धरा नहीं है। ...और आये हौ तो कुछ हमहू को माल पानी... ख्याल रखेंगे तुम्हारी वाली आइटम का।”

(जेब मे हाथ डालकर पाँच सौ का पत्ता दे मारा, क्यों दिया यह प्रश्न जाने कितनी आवारगी भरे उम्मीदों से तर-बतर था। इस सर्दी के महीने में माथे पर छलकते पसीने ने जाने कितने रिश्तों पर जमी बर्फ़ों को आँच देकर पिघला दिया था)

रास्ते भर सोचता रहा कि जाने क्यों उस लड़की को हुक्का बार का नशा इतना प्रिय था। हाँ सिगरेट मेरे साथ कई बार पी चुकी है। कई बार माँग कर तो कई बार इन होठों से छीन कर दम मारा था। लड़की भी तो अजीब है। मुँह पर गालियाँ लड़कों वाली, जुबान पर सिगरेट और अब यह हुक्का बार की नई नवेली लत। चार्ज शीट में दर्ज था कि वो नशे में थी कई लड़कियों के साथ। यकीनन उसने पी भी होगी। मेरे साथ बीयर के दो चार घूँट कभी-कभार ही उसने लगाए थे। उफ्फ, साली पूरी बेवड़ी ही हो चुकी थी मेरी वजह से।

“हे! ऑटो, रोजी हुक्का बार ले चलो।”

3

टेढ़ी सा इश्क़

नसीब किस तरह कब कहाँ और कैसे टकरा जाए? शायद नसीब को भी अंदाजा नहीं होगा। बात करीब तीन साल पुरानी ही होगी। ऑनलाइन मोहब्बत का ऑनलाइन ब्रेकप भी हो चुका था। वजह क्या नहीं पता, नम्बर और सोशल मीडिया एकाउंट सब कुछ बंद। यूँ ही साल भर तक चला डिजिटल प्रेमालाप अचानक थम सा गया था। फिर एक दिन अचानक ही व्हाट्सऐप पर एक संदेश आ धमका।

''हाय, कैसे हो?''

इधर मैसेज पढ़ते ही डीपी की ओर नजर गई, शायद कश्मीर के पहाड़ों की कोई तस्वीर थी। पहचान नहीं सका तो सवाल पूछना ही मुनासिब समझा।

''कौन? पहचाना नही?''

''हाँ-हाँ पहचानोगे कैसे बड़े आदमी जो बन गए हो।''

बातचीत का यह टोन्टनुमा अंदाज कुछ ही लोगों का था मगर संशय के बादल हटना भी जरूरी था।

सोचकर बोलना पड़ा- ''सॉरी फिर भी नहीं पहचान पाया।''

छूटते ही रिप्लाई आया- ''बुद्धू पहचानोगे कैसे, नम्बर नया और मुद्दत बाद जो कर रही हूँ।''

''रही हूँ'' सरीखे शब्द ने आधी शंका दूर कर दी। मगर शिनाख्त जरूरी भी थी क्योंकि क्या पता कौन तफरी लेने बैठा हो और आपका एक गलत कदम आपकी इज्जत का फालूदा बना देगी।

आखिरकार दोहराना ही पड़ा - ''फिर भी नहीं पहचाना।''

''पहचान तो हम लिए थे तुम्हें एक नजर में, बस तुम ही हो जो आज तक किसी के इंतजार में सिंगल बैठे हो।''

''अब बता भी दो, इतना सब कुछ सुना रही हैं आप मोहतरमा।''

''मोहतरमा! तुम तो मुझे मोहतरमा नहीं बोलते थे।''

''फिर क्या बोलता था, आईडिया नहीं।''

''मेरा बढ़ता वजन और तुम्हारी कमेंटबाजी, अच्छी लगती थी। अब तो आईडिया लग ही गया होगा।

''हम्म ''गोलू मोलू'' (यही नाम रखा था मैंने जब उसका वजन लगातार बढ़ता जा रहा था)

''उफ्फ! अब तक याद हूँ मैं? लगा था कोई दूसरी खोज चुके होंगे।''

''उह्ह! फुर्सत ही नहीं मिलती कभी सोचने की। वैसे तीन साल बाद अचानक?''

''क्या सोचे थे निकल ली हूँ मैं? मरते दम तक नहीं छोड़ूँगी तुमको। समझे बच्चू...''

''वैसे तुमको क्यों लगा कि सिंगल हूँ? इतने दिन बाद कोई मिल भी

तो सकती है।''

''बुद्धू के बुद्धू रहोगे, तुम्हारी फेसबुक प्रोफाइल पूरी चाटने के बाद तुम्हारा नम्बर वहीं से ली हूँ तो इतना भी आईडिया नहीं लगेगा कि शहीद हो गए या इंकलाब जारी है कुँवारे लौंडे का।''

''अच्छा जी,...और इसके आगे?''

''भालू''

''हम्म, राइट''

''वो भी पोलर बियर नहीं कालू वाला, ब्राउन वाला... ग्रीजली बीयर टाइप।

''ऊफ्फ, वो भी क्या दिन थे।''

''हम्म, मेरा मोबाइल चोरी हो गया था तो सब कुछ उसी के साथ चला गया।''

''...और क्या चला गया था?''

''तुम''

इस जवाब ने तीन बरसों की पीर को मानो कुरेद कर रख दिया। जाने कितने दिनों से उसके इंतजार के लंबे होते पलों ने शाम ढलती परछाई को और लम्बी कर दिया था।

''मैं कहाँ चला गया था, तुम्हीं सो गई थी।''

''जागी भी तो हूँ अब, डिनर हुआ?''

''उह्ह''

''आज भी लेट नाईट डिनर करते हो।''

''तुमने आदत जो बिगाड़ी वो ठीक अब तक नहीं हो सकी।''

''मेरे बगैर कैसे रहे।''

''जैसे तुम थी अब तक।'' (सोचते सकुचाते)

''नहीं बदले तुम बुद्धू, मेरे कमरे में तुम्हारे स्किन कलर वाला भालू आज भी तुम्हारी याद दिलाता रहता है। सच कहूँ कि उस टेडी बियर ने मुझे हौसला दिया कि एक दिन मैं दोबारा तुमको खोज लूँगी।''

''तुमको याद है, कितनी लड़ाई हुई थी हमारी टेडी बियर को लेकर?''

''हम्म तुमने मुझपर रेसिज्म का इल्जाम लगाया था।''

''...और ऐसी नौबत क्यों आई?''

''क्योंकि तुम ब्राउन भालू जैसे लगे थे पहली बार, नहीं कह पाई तुम क्यूट टेडी बियर जैसे थे।... और तुमने बोला था कि स्किन कलर की वजह से ऐसा बोली।''

''आज भी वैसा ही हूँ,'' क्यों?

''क्यूट या टेडी बियर? किसपर कॉन्फिडेंस है!''

''टेडी बियर पर'' (सोचते हुए)

''क्यों?''

''उसके सहारे तुमने इतना लम्बा इंतजार जो काट लिया।''

''अकेली लड़की की जिंदगी कटती नहीं, काटने दौड़ता है वक्त। ये सच है कि उस टेडी बियर ने हौसला दिया था कि तुमसे फिर मिलेंगे।

''एक बात और पूछूं?''

''हम्म, उसी अधिकार से।''

''उतना ही प्यार अब भी करती हो?''

''ये भी कोई पूछने वाली बात है, तुमको खोज निकाला यह क्या कम है?''

''हम्म, टेडी बियर कैसा है?''

''फेंक दी।''

''अरे! क्यों?''

''मुझे असली वाला ब्राउन ब्लैक टेडी बियर जो फिर से मिल गया है।''

(यह लड़कियाँ भी न जाने खुशियों को खोज निकालती ही हैं, पीछे से टीवी पर फुल वॉल्यूम की टीवी पर चल रही फ़िल्म का डायलॉग गूँज उठा)

''वो स्त्री है, कुछ भी कर सकती है''

मुझे याद है फोन पर झगड़ने के बाद ऑनलाइन भेजा था उसे खोजकर मेरी स्किन कलर वाला भालू, फरवरी माह का वैलेंटाइन वीक में ''टेडी डे'' था वह दिन। कितनी खुश थी, ढेरों चुम्बन उस टेडी के जिस्म पर अंकित करती तस्वीरें भेजकर उसने प्रेम को अशाब्दिक स्वरूप दिया था। ... और लम्बी खामोशी के इतने दिन बाद आज फिर वैलेंटाइन वीक है। हालाँकि आज ''टेडी-डे'' नहीं।

उधर से मैसेज में - ''सुनो! आज क्या गिफ्ट करने का इरादा है?''

''खुद को गिफ्ट करना था, होप कि कोई कुबूल कर ले।''

''हिन्दू हूँ, कुबूल नहीं अपने यहाँ फेरा चलता है बुद्धू... वो भी पूरे सात। अब फिर तुमको गँवाने का जोखिम नहीं लेना।''

''हम्म, फिर क्या लेना?''

''जान की जान लेना है, जान ले वो कि भालू को फेंक सकती है तो कुछ भी कर सकती है।''

''हम्म, फ़िल्म भी स्त्री आ रही है।''

''फिर तो तुम्हें पता ही होगा कि वो स्त्री है।''

''...कुछ भी कर सकती है।'' (इस तरफ से ही अधूरे वाक्य को पूरा कर दिया)

4

गॉड गेव मी यू

(1)

"उस श्वेत और गुलाबी शरीर की मलिका और अमेरिकी प्रेमिका से आभासी दुनिया में एक दशक के रिश्तों के उतार-चढ़ाव के बीच भी उसकी भावनाएँ सतत प्रेमवत रहीं। अलबत्ता अरबपति होने के साथ वह अरबों में एक ही थी, खासकर भारतीय परिस्थितियों को वह बेहतर समझती है। लिहाजा उसकी अनुभूतियों में विदेशी होकर भी, भारतीय स्त्री भी मेरी ही बदौलत जन्मी। जन्म उसका अंग्रेजों के बीच हुआ माँ हिंदुस्तानी वो भी एनआरआई, पिता अंग्रेज बिजनेसमैन, रुआब और रुतबा अँग्रेजी दाँ मगर सलीके और परंपराओं ने उसकी प्रोफाइल पर मुझे दीवाली और होली मनाते चौंका दिया था। फिर माँ की मातृभूमि से रिश्ता आभासी दुनिया से होता हुआ न जाने कितनी दूरी तय कर चुका था। उसकी नजर में सारी फेसबुक की पोस्ट और ऑनलाइन होने के पल-पल के रिकॉर्ड मौजूद रहते थे, तमाम शिकायतों और नित्य के झगड़ों संग।"

''सुनो, तुम ऑनलाइन रहते हो हमेशा, क्या फेसबुक तुम्हें इसके लिए पेमेंट देता है? आखिर वह लड़की कौन है जिसके लिए रात भर तुम्हारी हरी बत्ती जलती रहती है? फिलाडेल्फिया में लड़कों की कमी नहीं, फिर भी मैं तुम्हारी फिक्र करती हूँ। तुम सोते हो तो मुझे सुकून मिलता है... यह सब तुम्हारे प्रेम की मुझपर जिम्मेदारियाँ हैं। सुन रहे हो ना मैं क्या कह रही हूँ?''

''हम्म, पता है हमेशा वाली शिकायतें।'' (टालते हुए)

''पिछले हफ़्ते सात लड़कियों की वॉल पर तुम्हारे लव सिम्बल दिखे मुझे? कुछ सफाई मत दो... तुमसे हजारों किलोमीटर दूर हूँ इसलिए तुम्हें मुझे छोड़कर आम मर्दों की तरह जिस्म की तलाश है ऑनलाइन दुनिया में? बोलो-बोलो चुप क्यों हो?''

''तुम हमेशा लड़ने के मूड में क्यों रहती हो?'' (गुस्सा जाहिर करते हुए)

''मुझे जवाब दो क्या रेड साड़ी वाली मुझसे ज्यादा स्किन कलर में पिंक या गोरी है?'' (उसकी माँ भारतीय होने के साथ ही रंग से गोरी थीं, उसे भारतीयों के गोरे रंग के प्रति आकर्षण की भी अन्य यूरोपीय महिलाओं की अपेक्षा अधिक ही जानकारी थी)

''शट-अप! वो मुँह बोली बहन है। ...और हाँ पिंक मेरे लिए सुवर के बच्चे होते हैं इंसान नहीं। इंसानियत के रंगों में रहना सीख लो खुश रहोगी। (झल्लाते हुए)

''लेट मी एक्सप्लेन... बहनों की पैदाइश एक कोख से होती है इसके अलावा कोई धरती पर बहन नहीं। बाकियों से हवस होती है, हवस यानी ''लस्ट...'' समझ रहे हो न?'' (कुछ अधिक एग्रेसिव थी वो आज)

''पश्चिमी सभ्यता और इंडियन कल्चर में फर्क है। तुम नहीं समझ सकती कभी।'' (सफाई देते हुए)

‘‘जीसस को छोड़कर माँ की ही तरह दुर्गा, राम और कृष्ण को पूजती हूँ, किसके लिए? यू नो, टू पीस छोड़कर साड़ियाँ पहनती हूँ किसके लिए?’’ (भावुक करने सरीखी शिकायत थी)

‘‘सब ठीक है बस शक बन्द कर दो।’’ (समझाते हुए)

‘‘कॉमन नेचर है औरतों का, नहीं समझ सकोगे। एक दशक से तुमको दिल मे सहेज रखा है... खोने से डरती हूँ, प्लीज मुझे कुछ तो स्पेस दो...’’

‘‘इतना सब सुना देती हो और कितना स्पेस चाहिए?’’ (शिकायत करते हुए)

‘‘रूड हूँ माई डूड...’’ (खुद को शायद उसने शिकायत करके अब हल्का कर लिया था)

‘‘जब रोमांटिक होती हो, तब तो रूड नहीं लगती?’’ (अब रुठने-मनाने का दौर खत्म होने वाला था)

‘‘छी! मन मत डाइवर्ट करो... आज मूड नहीं। आज कुछ सुनाना चाहती हूँ...’’ (शायद वो फ्री थी आज की शाम)

‘‘इतना जली-कटी सुना तो चुकी?’’

‘‘तुम रोज कुछ क्रिएटिव लिखते हो न तो आज मैंने तुम पर पोएम लिखी है।’’

‘‘वाव! ग्रेट, उसमे भी जली-कटी लिखी होगी?’’ (शिकायत के साथ)

‘‘ओके सुन लो फिर बताना...’’ (काँफिडेंस के साथ)

‘‘हम्म, लेट्स स्टार्ट’’

‘‘टाइटल है ‘‘God gave me you’’ अब सुनो....’’ (अँग्रेजन थी तो कविता भी अँग्रेजी ही होनी स्वाभाविक थी)

"Long time ago i met a guy in one of social media...

Don"t know why he is so attached in me...

After awhile we met in a famous social media again then that"s the time our friendship will last till the end.

For so many reasons don"t know why i am still with him...

Lots of ups and downs that we get through...

yet we get more closer to each other and destiny will follow...

For so many years that we"ve been through...

Don"t know why i am still with you

May be god gave me you

This is the reason why i am still talking to you

Many boys and girls surrounds us by online..

by personal...

But distance s not the hindrance as long as the line keeps going From the start till end...

Even though no time till end however...

The trust is in between us then fortunate a man is in you...

From grace to glory...

From fortune to fortunate but when the calls is ringing its easily there

By the times goes by ....

Don"t know why...

I am still with you may be god gave me you!!!!

I am a sweet girl to talk to you...

To be with too...

But when the times i am getting mad at you...

M just like a volcano that will erupted easily and nobody can control...

IF that so you may stay away for awhile just to be safe from your side....

Maybe sometime i am OK then that"s the time to be with me again...

Maybe this is the reason why i am still with you but really don"t know maybe god gave me you...

''बताओ कैसी लगी ?'' (बच्चों सरीखी उत्सुकता महसूस हो रही थी)

''लॉट्स ऑफ क्लेपिंग फ्रॉम माई साइड, गुड़ एफर्ट माई बच्चा।'' (तारीफों के पुल न सही तालियाँ तो बनती ही थीं)

''सो जाओ अब, लोरी नहीं, अपनी दशक भर की लव स्टोरी थी।'' (शायद उसने एक दशकों का रिश्ता उतार दिया था इन पंक्तियों में)

कुछ बातें अधूरी सी लग रही थीं तो कहना ही पड़ा - ''नींदें उड़ाकर सुलाओगी ?''

वो भी बस कविता भर के मूड में थी आज, बोल पड़ी - ''उह्ह, मूड नहीं सच्ची... सो जाओ कल लड़ती हूँ।''

''हम्म ओके...'' (शायद सब्र करना ही था)

बातें खत्म होने से पहले उसकी शिकायत उभर गई शब्दों में- ''मेरे लिए पोएम कब लिखोगे ?''

''पोएम अपनी भाषा में लिखूँगा जैसे तुमने अपनी भाषा में सुनाई है।''

''ओह माई गॉड! नो अगेन भोजपुरी एंड पानीपुरी...'' (वो बनारसी भोजपुरी और पानीपूरी से भी भली-भाँति परिचित थी)

उसकी बातों का जवाब यों ही शब्दों में ढल गया - ''हा, हा, हा... थिंक इट्स मच स्केरी फ़ॉर यू! दैट्स क्वाई ''गॉड गेव मी यू''।''

''जानू... गो टू बेड एंड स्लीप वेल ओके। सी यू... लव यू लॉट्स...

सी यू सून विथ स्केरी पोएम... लव यू।''

''गर्...किल यू।'' (यह अमूमन हर रात की हत्यारी प्रेम कथा की चाहतों का विराम शब्द बन गया था)

(2)

...उस एक दिन

(उस अँग्रेजन यानी गोरी मेम को सिगरेट तो पता थी, मगर बीड़ी उसे सिर्फ गूगल में ही नसीब थी, अक्सर इस बात पर उसे चिढ़ाया भी था। उसे मास्को की बनी कोई ''हिलफिगर सरीखी सिगार'' पसन्द थी, जो काफी कीमती हुआ करती थी। जब से उसे यह अहसास हुआ कि दशक भर से पूरब-पश्चिम का प्रेम अब परवान चढ़ने से पहले कभी-कभार वाली लंबी हो जाने वाली दूरियों की नौबत पर आया तब से दुख में उसने और भी सिगार फूँकनी शुरू कर दी थी। याद आता है शायद यह यूरोप में सर्दियों का मध्य था, क्योंकि व्हाट्सएप पर उसने सिगार संग जो वीडियो चैट की उसमें उसके जिस्म पर गर्म कपड़ों का पहली बार लबादा दिखा था। भरोसा था वह चेन स्मोकर नहीं थी, मगर लगातार धुएँ और उत्तेजना से उसके होंठ

थरथराते स्पष्ट हो रहे थे। बगल में शायद किसी ब्रांड की शराब थी गिलास में। (ब्रांड का कोई आइडिया नहीं था)

लंबी खामोशियों के बीच खुद ही पहल कर बोलना पड़ा.... ''हेलो, अच्छी दिख रही हो। थोड़ी और अच्छी दिखती अगर होंठों पर यह सिगार न होता तो।

''इट्स ओके, नॉर्मल है मेरे साथ। आज कल ड्रिंक भी खूब कर रही हूँ, मेरी लाइफ है, जैसी मर्जी जी सकती हूँ। ये तुम्हारा इंडिया थोड़ी है कि मरने तक हर चीज पूछ कर ही करो।'' (आज मूड मिलाज और तेवर अलग ही थे, शायद नोंक-झोंक का एक और आपसी झोंका आने वाला था)

''लास्ट टाइम मैंने मना किया था? (आजिज आकर शिकायत करनी ही पड़ी)

''हे! सुनो, मैं तुम्हारी मेड नहीं हूँ जो हर बात मान ही लूँ। इंडिपेंडेंट वुमन हूँ, जो मर्जी कर सकती हूँ, परमिशन लेने की तुमको जरूरत होगी मुझे नहीं।'' (अनुमान के मुताबिक उधर मूड वाकई ठीक नहीं था)

''मुझसे शादी ही समय से कर लेती तो ये नशे में डूबने के दिन न झेलने पड़ते।'' (झल्लाकर)

''क्या सोचते हो इतना फ्यूचर के लिए रख सकोगे कि मेरी और होने वाले बच्चों की परवरिश कर लोगे?'' (सीधे विषय पर यह सवाल था)

''परवरिश तो बच्चों की करनी होगी, तुम मांस, मच्छी, दारू, सिगरेट से लेकर अब तो पहलवान छाप बीड़ी होती जा रही हो और कितनी बिगड़ैल परवरिश चाहिए?'' (उसके बेअंदाज जीवन शैली पर कटाक्ष कोई नया विषय नहीं था)

''अपने ज्ञान अपने पास रखो, तुम्हारी महीने भर की सैलरी मेरा एक दिन का खर्चा है। नहीं रख सकोगे मुझे... कतई तुम्हारी औकात मेरे स्टैंडर्ड के काबिल नहीं।'' (...और उसका भारतीय प्राइवेट कंपनियों के शोषण के शिकार कर्मचारी की औकात बताने का भी विषय कतई नया नहीं था)

''फिर भाग जाना यूरोप और क्या?'' (खिसियाहट सरीखा जवाब)

''लेट मी एक्सप्लेन, शादी और मजाक दो अलग चीजें हैं... जितनी आसानी से तुम्हारे इंडिया में पोर्न उपलब्ध है, उतनी आसान बेटर हाफ संग जिंदगी नहीं है।''

''इट्स ओके, तुम फिर अपनी लाइफ जियो, इंज्वाय करो ...और भला क्या कर सकता हूँ।''

''अर्निंग बढ़ा सकते हो तो सोचूँगी।'' (शायद उसे इंडिया और इंडियन की गरीबी कभी रास ही नहीं आई थी)

''सॉरी, डकैती नहीं डाल सकूँगा। इंडियन अगर कुबूल है तो दारू, सिगरेट छोड़ो खर्चे कम करो आसानी से रह लोगी यहाँ पर।'' (यूरोपीय सभ्यता पर मानो आखिरी आरोप का प्रयोग)

''तुम्हें तो बड़ी ही आसानी से वो भद्दी और काली लड़की मिल जाएगी साथ में खूब दहेज भी मिलेगा। उसी के साथ खुश रहो और एन्जॉय करो। मेरे जैसी यूरोप वाली कोई कमसिन चाहिए तो पहले खुद को आदमी साबित करो, बी ब्रेव।'' (शायद यह पश्चिम का घमंड ही बोल रहा था)

''क्या खूब पैसा होना ही आदमी होने की पहली शर्त है?''

''यस, इट्स नेसेसरी... नो मनी नो लाइफ नो वाइफ।''

''हुँह, खोज लो न लन्दन में ही फिर कोई बिल गेट्स सरीखा कोई भी पैसे वाला अधेड़ अंकल।'' (चिढ़कर बोलना ही पड़ा)

''तुम समझना नहीं चाहते कि कैसे किसी लड़की को जिंदगी भर साथ रखते हैं।''

''लड़की नहीं बीबी।'' (गलती का अहसास कराते हुए सुपीरियॉरिटी के साथ)

''हाँ, वही मेरे बोलने का मतलब था।''

''दहेज में तुम ही यूरोप की दौलत ले आती तो मैं भी आदमी ढंग का

बन जाता।'' (चिढ़ाते हुए)

उसे भी शब्दों को पकड़ना खूब आता था छूटते ही बोल पड़ी - ''आ गए न डावरी पर''।

हालाँकि बातों की कमी हमारे बीच कभी नहीं रही - ''क्यों अभी तक तुम डावरी पर अड़ी थी तो सही था? मैंने डिमांड कर दी तो लालची?''

''ओह! ड्यूड, समझा करो... ढेर सारी फ्यूचर प्लानिंग। हनीमून से लेकर फर्स्ट वेडिंग एनिवर्सरी तक का खर्चा करना कितना टफ है, उसके बाद बच्चे और उनका भविष्य... कुछ समझ रहे भी हो या लस्ट ही हर समय दिमाग पर चढ़ा रहता है।

इरिटेशन इधर भी थी उसकी डिमांड से, आखिरकार रोष फूट ही पड़ा - ''इंडियन रुपये में लगभग तीन अरब रुपये हुए जो मुझसे इस जन्म में नहीं होने वाले। कोई अपनी ही तरह अँग्रेज-रंगरेज खोज लेती तो ठीक था। मैं ठहरा इंडिया का सिंपल-पिम्पल टाइप का जिसके डिंपल भी नहीं बनते कि कोई लड़की आकर प्राणनाथ बनाकर प्राण दे।''

''उफ्फ... तुम जीते मैं हारी। ओके इंडिया आकर शादी तुम्हीं से करूँगी अब खुश? अच्छा बताओ तुम्हारे यहाँ सबसे सस्ती सिगार कितने की होगी?'' (अब उसकी शर्तें नई तरीके की थीं)

लगभग खीझते हुए - ''एक डॉलर में 50 पैकेट आती है बीड़ी ब्रांड की''

''लेट मी चेक इन गूगल...'' (तुरंत ही मोबाइल हाथ में आ गया था)

चिढ़ाते हुए - ''गूगल मत करो, देखते ही मुँह हुक्का हो जाएगा''

''शट योर माउथ... आई एम गोइंग तो चेक दिस बीड़ी।'' (खीझ उधर भी नजर आने लगी थी)

समझाते हुए - ''अभी भी बोल रहा हूँ सिगार से मुँह जला लोगी, छोड़ दो और संस्कारी लड़कियों की तरह रहो''

''गर्र! ये बीड़ी तुम पियो...'' (गूगल करने के बाद का रोष)

''मैं नहीं पीता, इंडिया में लेबर क्लास पीती है।''

मुँह फुलाते हुए -''मुझे लेबर क्लास समझ रखा है?''

''शादी के लिए तैयार हो तो लेबर पेन भी तो झेलना होगा एक दिन... फिर सिगार भी मँगा दूँगा।''

''बातों से अरबपति हो मगर बीबी को खुश रखने की कीमत नहीं पता।'' (रोष बरकरार था उसका)

इधर भी रोष ही था- ''होने वाली बीबी भी मुझे कौन सा खुश रखना चाह रही?''

आखिरकार स्पष्टीकरण आ ही गया - ''छोड़ दूँगी, डिप्रेशन में पी रही हूँ।''

''मुझे भी होता है, मैंने तो नहीं शुरू किया यह सब डिप्रेशन में?'' (अपनी बात स्पष्ट करते हुए)

अपनत्व का भाव पाकर आहिस्ता से बोल पड़ी - ''क्रिसमस बाद आती हूँ इंडिया''

चिढ़ाने के शब्द इधर भी कम न थे- ''आ जाओ बीड़ी पिलाऊँगा''

झल्लाते हुए उस झल्ली को देखना सुखद लग रहा था तब तक वह बोल पड़ी - ''आई विल किल यू।''

''ये दारू और सिगार ही मुझे मार सकती है तुम नहीं।'' (रोष का पटाक्षेप करते हुए)

''भूल गए तुम्हीं ने गाना सुनाया था ''जब चाहा यारा तुमने, आँखों से मारा तुमने... होठों से जिंदा कर दिया'' (बॉलीवुड के गाने वो पसंद करती थी तो कुछ गाने उसकी ज़ुबाँ पर अंग्रेजीदां तरीके से मानो रटे हुए भी थे)

गाना सुनकर सवाल इधर से ही हो गया - ''तुम्हारे हॉलीवुड वाले

फिल्मो में कोई गाना क्यों नहीं रखते?''

''उनको तुम्हारे जैसा ''जॉन ट्रावेल्टा'' नही मिला होगा।'' (जवाब स्पष्ट करते हुए)

''वो कौन है?''

''अरे नहीं जानते हो क्या, अपने हॉलीवुड का टॉप विलेन है।''

अब चिढ़ने की बारी इधर थी- ''गर्र, तुमको न जिंदा खा लूँगा''

उधर स्वीट सी आवाज गूँज उठी- ''बी वेज, अवॉयड बेवरेज''

(3)

कहीं तो है आग लगी

बात तब की है जब उसका इंडिया आखिरकार लंबे इंतजार के बाद आना हुआ था। रिसीव करने से लेकर साथ घूमने और अपना वतन कश्मीर से कन्याकुमारी का आइडिया कैंसिल कर काशी से कन्याकुमारी तक घुमाने का जिम्मा उठाना था। पता नहीं क्यों उसे काशी तस्वीरों से खींचती थी, कश्मीर सरीखे पहाड़ और बर्फ तो उसके भी मुल्क में थे। वह मुलाकात के पहले पल एयरपोर्ट पर ही थे। नजरों से नजर मिली और लोगों की आती जाती बेपरवाह भीड़ के बीच लिपट कर आलिंगनबद्ध हो जाना बेहयायी आज नहीं लग रहा था। शायद हर किसी को अपनी ही धुन वाली जल्दी थी आगे बढ़ जाने की। यहाँ रोक-टोक और टोका-टोकी का किसी के पास समय ही नहीं था।

मिलन के बाद एयरपोर्ट पर यह बतकही का भी दौर था, खामोशियाँ उसी ने तोड़ी- ''अरे सुनो मेरी जान सिगरेट पियोगे?''

(एक लड़की का यों पॉकेट से सिगरेट निकाल कर मुझे पीने को ऑफर करना अटपटा सा लगा मगर सोचना पड़ा कि अब तो विदेशों में ही नहीं देश में भी यह आम है, चलो फुक्की मार ही लेते हैं कुड़ी की जिद है

तो)

''हम्म, श्योर!''

(हम दोनों को ही नई दिल्ली से मुम्बई की कनेक्टिंग फ्लाइट लेनी थी और नई दिल्ली से अगली मुम्बई की फ्लाइट तीन घण्टे बाद थी। इन तीन घण्टों की कवायद कई किलोमीटर में फैले इस शानदार एयरपोर्ट पर टहल कर ही करनी थी।... आहिस्ता से हम दोनों के कदम स्मोक रूम की ओर बढ़ चले।)

''ये रास्ते भर चलते हुए यही सोच रहे होगे न कि यह लड़की कितनी सिगरेट पीती है?''

''हम्म, झूठ नहीं बोलूँगा, मगर शायद ऐसा ही कुछ सोच रहा था।'' (बेबाकी के साथ)

''यू नो, डैड चेन स्मोकर थे तो घर धुआँ-धुआँ रहता था। बाहर पढ़ने गई तो आवारागर्दी में एक आवारगी सिगरेट संग भी लग गई। कोशिश की, हार गई और सिगरेट का शुरुर उतरता ही नहीं।''

(इसी बीच उसने एयरपोर्ट के स्मोक रूम में हल्की रोशनी के बीच जब सिगरेट जलाया तो उस रोशनी में चेहरा भी पीली रोशनी में अजीब उलझन से निकलने की जुगत बनाता नजर आया)

''मेरी भी सिगरेट है, इसे भी जला दो।'' (यह कहते हुए मेरी मुस्कान उसे जाने क्या अनुभूति दे गई कि उसके लबों पर मानों खुशी थिरक उठी हो)

''आँच तो कबसे आपके आस-पास है बस धुएँ के गुबार का इंतजार बाकी है। लाइये अपने होंठों से लगा कर इसे भी मंजिल दे दूँ।'' (यह कहते हुए वह भी ठठाकर हँस पड़ी)

ब्राउन हिस्सा भी मानों होंठों से लगकर शर्म से लाल हो चुका था - 'सिगरेट पर लिपस्टिक के निशान हैं, देखो ना।''

"क्यों होठों से लगाने में कोई झिझक है?" (पूरी बेहयायी के साथ बोल उठी)

"उह्ह, सोच रहा हूँ कि रंगत जुबान पर चढ़ गई और कभी न उतरने की जिद पाल ली तो जाने क्या होगा?"

"लगा भी लो होंठों से, ये रंगत का नसीब है जो सही रंग में ढ़लने को बेताब है, वरना प्यासे मरने वालों की दुनिया में कमी नहीं, नसीब वाले हो। अब होंठों से लगा भी लो.. मेरा मतलब सिगरेट को, इससे पहले कि वो बुझ जाए।"

"क्यों बुझ गई तो दोबारा आँच नहीं मिलेगी?" (चिढ़ाते हुए)

"क्या पता न भी मिले।" (वो भी चिढ़ाने की मूड में थी)

"इतनी बेबाकी ठीक भी नहीं है, मेरी चाह ताउम्र की हो तो।" (बातें ख्यालों में ही धुएँ की मानिंद उड़ती रहीं)

"इरादे नेक हों तो सिगरेट की तरह हर कश में जिंदगी कम नहीं होती है। यही मामूली सा फर्क सिगरेट और जिंदगी में है।" (जीवन की गम्भीर बातों को गोल होंठों से धुएँ का छल्ला बनाकर उसका उड़ा देना भी फिल्मी स्टाइल सा था, जाने क्या उसमे खास था जो उसके छल्लों में मुझे कैद किये जा रहा था)

"दूसरी सिगरेट लोगी?"

"उह्ह, तुमको चाहिए तो मैं दे रही हूँ वैसे पहली भी मैंने ही दी थी। भरोसा नहीं हो रहा तुम भी चेन स्मोकर ही निकलोगे।" (ये उसकी अदा थी या शिकवा करने का कोई तरीका मगर फ्लाइट का इंतजार करने को कुर्सियों से चिपकना न मुझे पसन्द था और न ही उसे... उस शाम सिगरेट के छल्लों की तमाम आजादी का दिन था और तब तक सिगरेट चेन स्मोकर की तरह पी गई, जब-तक कि आखिरी हम दोनों ने आधी-आधी शेयर नहीं कर ली)

"देखो न अब तो सारी सिगरेट खत्म भी हो गई, सॉरी..." (जाने

कितनी बातें और फिक्र को दोनों ने बनारस से नई दिल्ली के बीच उड़ा दिया था और मुंबई में धुआँ-धुआँ हो जाने की बेताबी और कसक ही रह गई थी दोनों के बीच)

इट्स ओके, सिगरेट ने तुमको कुछ निशानियाँ दी हैं। लाओ सुबूत मिटा दूँ।'' (उसने रुमाल से सिगरेट के रास्ते होंठों पे लगी लिपस्टिक की तमाम निशानियाँ मिटा डालीं। इस दौरान नई दिल्ली के एयरपोर्ट पर उस स्मोक रूम में जाने कितने लोग आये गए मगर हमारा चेन स्मोक के धुँध में उजाले की चाह शायद रखने के मूड में लंबे वक्त तक नहीं था)

''आओ बाहर चलते हैं फ्लाइट का टाइम हो गया है।''

''हम्म, जरूर...'' (मगर मन नहीं मान रहा था, धुआँ-धुआँ जिंदगी अलसाने सी लगी थी, इसी बीच वह कोहनी से हाथ को जतन से थाम कर बोर्डिंग प्लेस तक कदमताल करती रही)

''देखो, ये उड़ान कितनी लम्बी हो और जाने फिर कब हो।''

''दो घण्टे बमुश्किल।'' (ये कहते हुए जाने कितनी देर उसकी आँखे सवालों की भाँति अलग होना ही नहीं चाह रही थीं कि इसी बीच तन्द्रा टूटी ... दिस इज लास्ट काल फ़ॉर बोर्डिंग)

''चलो बुलावा आ गया, सफर आगे का शुरू करते हैं।''

(पहले की ही तरह हाथ थाम खिड़की की तरफ साथ ही बैठ गई। थोड़ी देर में एयर होस्टेज से कम्बल माँगकर खुद को भी ढँकते हुए मुझे भी उसी की आगोश में शरारतों के साथ लपेट लिया, मानो कैद की उम्र और लम्बी होने की कशमकश को जीत लेने के जतन में हो)

''बाहर उड़ते बादलों को गौर से देखो, ये वही छल्ले हैं जो उस कमरे से आजाद होकर आए हैं।''

''हम्म और इस बार भी उनकी इंट्री तुम्हारी तरफ से ही है।'' (उसने आँखें इस चेहरे पर फिग़ा दी और लाइट ऑफ कर कंधे पे सिर रख सोने और सपने के बीच कम्बल के भीतर ही हाथों को थाम कर सीने पर रखकर

अपनत्व को सहेजने का क्रम शुरू कर दिया)

"तुम भी आँखें बंद कर लो, बाहर के बादल बेवफा हैं। उनको उड़कर एक दिन चले ही जाना है। धुएँ को कमरे में ही कैद रखो, आजादी तो सिर्फ अरमानों को देने की जरूरत है।"

कम्बल के भीतर हथेलियों को थामना ही नहीं मानो उसने इन्हीं शब्दों के साथ भींच भी लिया था, उसने गहरी साँस ली और सपनीली दुनिया में खो गई। इस आस के साथ कि उसकी सिगरेट और आँच संग इस जिस्म का भी साझा होना अभी बाकी है)

5

इश्क़ का कोर्ट रूम

साँझ ढलने चली थी, मगर मई माह के अंतिम दिनों का जेठ खुद को तपाते हुए कईयों को तपाने की अपनी जिद पर अड़ा मानो बकलोली पर उतरा हुआ था। हाथ की मुट्टी में कैद मोबाइल पर समय शाम के सवा पाँच बजा चुके थे। इंतजार के बीच रेस्टॉरेंट का दरबान भी बोल चुका था दो बार।

''साहब, किसका इंतजार कर रहे हो? अंदर एसी में बैठ लो, कब तक लू के थपेड़े सहते रहोगे।''

सही कहा था उसने दोपहरिया की लू अभी तक शांत नहीं हुई थी, धूप सीधे चेहरे पर पड़ रही थी और पसीना था कि टप-टप माथे से आँख की आईब्रो को तर किये पड़ी थी। कभी एक बूँद पलकों पर रिस जाती तो मिर्ची सरीखी चुभन होने लगती। मन हो रहा था कि इंतजार करने से आने वाला जल्दी थोड़ी आ जायेगा, मगर एक मन ही था जिसने हौसला बनाये रखा

था।

''साहब फिर कह रहा हूँ, अंदर बैठ जाओ।''

अबकी दरबान की मिन्नत और देरी के बीच अंदर जाकर कॉर्नर की टेबल पकड़ ही ली। यह तपती हुई शाम की ठंडक पसीने को चेहरे से आहिस्ता-आहिस्ता अलविदा कह रही थी और इंतजार के पलों को सुकून देने लगी थी। तभी रेस्टोरेण्ट के शीशे का दरवाजा धकेलती वो नजर आई जिसके लिए धूप में जलना भी अच्छा लग रहा था।

''हाय, कैसे हो?''

''हाय, हैलो छोड़ो, ये बताओ पूरे आधे घण्टे लेट थी तुम आज।''

''हाँ कोर्ट के काम होते ही ऐसे हैं उलझाऊ, तुम नहीं समझोगे। कुछ आर्डर किये कि नहीं?''

''उह्ह, तुम्हारे बिना क्या आर्डर करना।''

''अरे! खुद के लिए तब-तक मँगा लिए होते कुछ।''

इसी बीच वेटर ठंडा पानी और मेनू रखकर आर्डर का इंतजार करता, तब-तक हमेशा की तरह उधर से ही आर्डर हो चुका था। मेरी नजर उसके व्यस्त चेहरे पर थमी हुई थी। जहाँ माथे और कान के पीछे से निकलता पसीना काले कोट पर कुछ बूँदों की आमद दर्ज कराता जा रहा था। गाल धूप से लाल थे, रुमाल शायद पूरी पसीना पोछते-पोछते गीली हो चुकी थी। मेरे हाथ मेरी जेब की तरफ बढ़े और रुमाल निकाल कर उसके माथे की चिंता की लकीरों में फँसी पसीने की बूँदों को करीने से सुखाने लगे।

''क्या करते हो, कोई देख लेगा ऐसे करते हुए?''

''सीसीटीवी आलरेडी लगा हुआ है, कोई तुम्हें चूम थोड़ी रहा हूँ सरे राह।''

''अच्छा जी इतनी हिम्मत भी रखते हो?''

(समझ नहीं आया आज काले कोट वाली ने ललकारा है, या मेरे

हिम्मत की दाद दी है। अजीब कश्मकश उससे जिरह करते महसूस होती है। जिसे केस लड़ते दूसरों से सुना था कि सबकी बोलती बंद कर देती है, आज खुद की बोलती बंद होते महसूस करना अदालत में होने से कम नहीं लग रहा था।)

"सुनो, एक बात थी।" (खामोशी को तोड़ते हुए बोल पड़ी)

"हम्म बोलो"

"अगले महीने नहीं मिल पाऊँगी, कोर्ट गर्मी में बंद रहेगा और मुझे ओरिएंटेशन कोर्स के लिए साउथ जाना होगा। होप कि तुम समझ सकते हो इसकी इम्पोर्टेंस।"

"इट्स ओके, अभी तुम्हारे साथ रहने की आदत कहाँ पड़ी है जो महीने भर भी न गुजार सकूँ।"

"ओह, जनाब को डर नहीं लगता मुझसे ऐसी बातें करते हुए।"

"डर के आगे जीत है।" (सोचते हुए)

"क्या जीतना चाहते हो?"

"दिल जीतना था" (बेबाकी से)

"केस पेंचीदा है, कई तारीखों में फाइनल हो पायेगा।"

"डेट पर प्रेमी जाते हैं, हम तुम्हारे लिए तारीख पर भी आने को तैयार हैं। बोलो जुर्म की फ़ाइल कब तैयार कर रही हो?"

"दूसरा वकील कर लो, खुद से नहीं लड़ पाऊँगी।"

"अरे! तुम तो सीरियस हो गई... इट्स ओके। वैसे केस हारने का डर है या मुझे जीतने नहीं देना चाहती।"

"तुम्हारी जीत में ही मेरी जीत है, बस यह लड़ना खुद से ही लड़ाई लगती है। पता नही कब-तक यूँ ही तुमसे छिपछिप कर...।"

कई बातें रह गईं, कई बातें न कह कर भी कह गईं... इसी बीच

कॉफी स्ट्रॉ के साथ हम दोनों के सामने थी और उसने जब अपना कोट उतार कर कुर्सी पर टाँगा तो महसूस हुआ, मानो उसने कई मुकदमों के बोझ से अपना पिंड छुड़ा लिया हो। अब उसके गर्दन पर ढलती पसीने की हर बूँद सूख चुकी थी। दिन भर की थकान उतर चुकी थी कोट के साथ ही। जाने क्या-क्या बातें वो मुस्कुराकर बता रही थी और उसका मुस्कुराना जाने क्यों अपने इश्क़ का मुकदमा जीतने सरीखा अहसास इस शाम करा रहा था।

लम्हों को कैद करने का भरसक प्रयास था इस शाम को, ... और यादों में भी सहसा लम्हा डूबता चला गया उन पुराने दिनों में। याद है पहली सैलरी उसके हाथ में थमाकर, पीसीएस जे की कोचिंग की पहली फीस इन्हीं हाथों ने भरी थी, क्योंकि उसके परिवार के लोग एलएलबी के बाद शादी करने पर उतारू थे और किस्मत तो देखो पहले ही अटेम्प्ट में वो जज साहिबा की कुर्सी पर जा बैठी थी। बड़ी खुश थी और पहले की तरह बातों और प्रेमालाप की झिकझिक भी कुछ यों चल निकली थी, कद, पद और रुतबे की वो अनंत को परवान चढ़ती बातें...।

बोलती ही जा रही थी वह आज- "सोचो कि मैं सबसे बड़ा हूँ, फिर? उससे क्या होगा, कुछ स्पेशल अचीव कर लोगे? या जैसे हो उससे खुश नहीं तो दोष किसका?... हो यार पूरे बुद्धू के बुद्धू।"

सफाई देते हुए- " उन्ह, मेरे कहने का वह मतलब नहीं था थोड़ा संतुष्टि का भाव होता तब। "5.4, 5, 4.5" के बीच हाइट से अगर "5-6" होती तो एक अलग भाव होता संतुष्टि का, इससे अतिरिक्त कुछ भी मन में नही था।"

जवाब पूरा होने से पहले ही बोल पड़ी - "संतुष्टि की सीमा क्या तब खत्म होती?"

उस जजमेंटल चेहरे को हाथों की अंजुरी में भर कर- "उन्ह, सोचा न था।"

बताती हूँ मैं, "ज्वाइन करने जब कोर्ट में पहली बार पहुँची तो बहुत

अच्छे एक्सपीरियंस नहीं थे। कानून की वर्दी में इन्साफ दिखता होगा मगर हर किसी जो सजा देने बैठेंगे तो जेलें भर जायेंगी। मेरे मन में आर्मी की छवि बहुत अच्छी रही है। मगर जॉइनिंग के दूसरे दिन ही जब अदालत गयी तो वहाँ सिक्योरिटी में पूरे बटालियन वाले जवान थे। एक झुण्ड के पास से गुजरी तो उसी भीड़ से आवाज आई ''क्या माल जा रही है?''

बोल पड़ा- ''हम्म, तुमने घटना बताई थी''

''हम्म, मैं सक्षम अधिकारी थी, सभी की वर्दी उतरवा सकती थी, मगर भीतर का स्त्री मन शायद किसी का भविष्य नहीं चौपट करना चाह रहा था। उस बटालियन के सेनानायक को मैंने तलब किया था चैम्बर में, मुझे नहीं पता कितनी बार वो गिड़गिड़ाया था मुझसे अपने सैनिकों की करतूत से, और जानते हो वो सारे सैनिक अच्छी हाइट के थे।''

''अच्छा जी, तो यह मेरे सवाल का जवाब था।'' (कहानी सुनाने की वजह जानकार)

''शायद! मगर हाँ आर्मी की रिस्पेक्ट करती हूँ इसका अर्थ नहीं कि जब उनका ट्रक किसी लड़की के बगल से गुजरे तो रंगरूट हुर्र करते दिखें। यह नैतिकता हर किसी में होना चाहिए। सिर्फ हाइट बड़ी होने से क्या होता है, जब आपमें नैतिकता का अभाव हो। जेल के कैदियों का वाहन गुजरता है तो ठीक वही हुर्र वाली हरकत वह भी करते हैं जबकि उसमे सभी हाइट वाले होते हैं। कद में क्या रखा है, यह मेरे समझ में नहीं आया आज तक।''

''मेरे समझ में आता है, क्योंकि तुम्हारी हाइट आम लड़कियों से बड़ी है।'' (हाँ, उसकी हाइट बिना हील की सैंडिल के भी ऊँची ही थी)

लहजा अब उसका शिकायती था - ''तुमको कद की इनसिक्योरिटी क्यों है? भरोसा क्या हाइट पर ही आकर टूटता है?''

''नहीं ऐसा नही! हालाँकि इससे इंकार भी नहीं। तुम इक्जाम्पल सटीक देती हो, काश कि हर लड़की तुम्हारी तरह हो... कहानी बनाकर बातें करने वाली।''

''अगर हर लड़की मेरे तरह हुई तो तुम हर लड़की के पास पहुँच जाओगे!'' (चिढ़ाते हुए)

सफाई भी देनी पड़ गई थी - ''आज तक तो नहीं गया''

''मेरे जैसी मिलेगी भी नहीं तुमको।'' (कितना था सच यह सोच अब रुलाने पर उतारु थी)

उसके हाँथों को चूमकर - ''एस योर ऑनर''

वक्त बीतते समय नहीं लगता, घर के दबाव में दूसरे स्टेट की अच्छी-खासी नौकरी छोड़कर बिना बताए आ गई थी कोर्ट में वकालत की प्रैक्टिस करने वह।

इन्हीं ख्यालों के बीच सहसा उसने फ्लैश बैक से लौटा दिया

''ऐ हैलो, कहाँ गुम हो गए?''

''अरे नहीं यहीं हूँ, बस कुछ सोचने लग गया था।'' (शायद उसे बखूबी पता था कि अच्छी यादों में ही था अभी तक)

शिकायती लहजे में - ''उह्ह, तुमने समझाना ही कब मुनासिब समझा था।''

''प्यार करते हो तो कभी खामोशी भी समझ लिया करो, ऐसे ही सिर्फ आरोपों के साथ इश्कियापे के केस नहीं जीते जाते, आँखों और इशारों की कैद से फीलिंग को आजाद करना होता है तब सुबूत जुटते हैं और केस का बेस मजबूत होता है... वकालत इतनी आसान भी नहीं।'' (आज केस शायद ज्यादा ही लंबा खिंचने की ओर मालूम पड़ रहा था)

बड़ी देर से हम दोनों के बीच ठंडी होती कॉफी इस बात की तस्दीक कर रही थी, मानो अपने रिश्तों की गर्माहट पर वक्त की ठंडक हावी हो गई हो। इसी बीच रेस्टॉरेंट में ''गम का खजाना तेरा भी है मेरा भी...'' का रूमानी गीत भी हम दोनों के रिश्तों के अलहदा सफरनामे की नई इबारत लफ्जों में घोल रही थीं)

''कॉफ़ी पी लो ठंडी हो रही है...'' (आखिरकार खामोशी तोड़नी पड़ी)

''हम्म, सॉरी कहीं गुम हो गई थी।'' (ख्यालों से लौटते हुए)

''जरूरी है गुम होकर लौट आना, अब कॉफी भी खत्म कर दो।''

''मेरा तुमसे बिछड़ना जरूरी तुमको लग सकता है, यह मेरे लिए मजबूरी है।'' (इसी बीच उसके पलकों ने बगावत कर दी...)

''ये ठीक नहीं, आँसू पोंछ लो लोग देखेंगे तो क्या कहेंगे?''

''आज तक तो तुम्हीं पोंछते आए हो, अभी से पराई बना दिया, कसमें भूल गए जिंदगी भर साथ निभाने की।'' (शिकायत के लहजे में)

''कुछ नहीं भूला हूँ, बस तुम्हारे फैसले का सम्मान करना अधिक जरूरी है।''

''माँ तुम्हें कुबूल नहीं कर सकीं और उनका फैसला टालने की मेरी हिम्मत नहीं। सॉरी लड़की हूँ, अब समझ में आ रहा है कि उसकी जिंदगी सिर्फ फैसलों को कुबूल करने से चलती है। क्या तुम्हें मेरे आँसुओं से फर्क पड़ रहा है?''

सोचते हुए - ''जरा भी नहीं, मैं तुम्हारे जाने के गम में रो भी नहीं रहा और रोने की कोशिश भी फ्यूचर में नहीं करूँगा।''

''आँसू पोंछते हुए- ''कितने पत्थर दिल हो तुम?''

''हूँ नहीं, अलबत्ता दिल पे पत्थर रखकर तुमको विदा कर रहा हूँ।'' (आँखों के कोने गीले इधर भी होने को थे)

''विदा अभी से?''

''हाँ, क्योंकि तुम्हारी कमजोरी मैं खुद हूँ, नहीं चाहता कि तुम्हारे घर वालों की सो कॉल्ड इज्जत पर मेरी बदौलत बट्टा लगे। इससे पहले भी तुम्हारे पापा मेरी सैलरी को लेकर बहुत कुछ बोल चुके हैं। सरकारी नौकरी

वाले के यहाँ जा रही हो, क्लास टू अफसर है और एक लड़की को इससे बढ़कर भला क्या चाहिए?''

''मुझे अफसर नहीं चाहिए।'' (सुबकते हुए)

''तो बताओ न, मैं तुम्हारी क्या हेल्प करूँ?''

''मुझे कहीं ले चलो!''(आँसुओं के फुहार की यह दूसरी बेरहम क़िस्त थी और बर्दाश्त न कर सका और बेबस सी दो बूँदे लुढ़क आईं मानो उनको भी कैद गँवारा नहीं था)

''बी ब्रेव, जिंदगी में टफ फैसले लेने होते हैं। मुझे तुम्हारे मम्मी डैडी की फिक्र है आखिर पन्द्रह हजार आज के जमाने में होते ही कितने हैं। कितनी खुशियाँ तुम्हारे लिए खरीद सकूँगा।''

''आखिरी एक वादा चाहती हूँ... मर जाऊँ तो मेरी लाश भी मत देखने आना।''

''बन्द करो पागलपन... भावुक होकर कोई फैसला नहीं लेते।'' (समझाने की नाकाम कोशिश करते हुए)

''बताओ मैं क्या कर डालूँ!'' (इज्जत, समाज, परम्परा, मान, मर्यादा सब सिसक रही थीं रेस्टोरेंट के कोने में और पत्थर कलेजे पर मेरा भी वजन ढोने की हैसियत में नहीं था)

''एक काम करना, मुझे भूलने की कोशिश करना सम्भव है वो अफसर तुम्हें मुझसे भी अधिक.....।''

''बस करो।'' (हाथ जोड़कर आँसुओं संग उसका निवेदन, उफ्फ! कितना कमजोर होता है इंसान हालातों के आगे, यह आज ही समझ आ रहा था)

''हम्म,'' (आँखों के कोरों को पोंछते हुए)

''अब समझो हमारा आखिरी रिश्ता बस यहीं तक था... न मैं लौट सकूँगी न तुम दस्तक देने की कोशिश करना, समझ लो मर गई तुम्हारी।''

(और भी न जाने क्या-क्या वो आँसुओं के सैलाब के बीच कह गई वो, जो मैं सुन तो रहा था मगर समझ नहीं सका... उस रेस्टॉरेंट के कोने की सीट भी किनारे क्यों थी शायद हालात पर बखूबी फब रहे थे। इसी बीच वो झटके से उठी और मैं उसको आखिरी बार खुद से बहुत दूर जाते देख रहा था)

"वेटर, बिल ले आना।" (यह उसका इस जिंदगी का आखिरी कर्ज था, जो इस पन्द्रह हजार की सैलरी ने अदा कर दिया, फिर ता उम्र के लिए उसकी तस्वीर बटुवे में दौलत का वजन आँकने के लिए लंबे उम्र तक के लिए कैद कर ली)

6

रेड वाइन सा इश्क़

आम दिनों की ही तरह इश्क़ उस दिन भी बिस्तर पर फोन से चिपक कर अंगड़ाइयाँ और करवटों में सपने बुन और गुन रहा था। मोबाइल पर ही प्रेमालाप के बीच कविताओं की कड़ियाँ इधर से जुड़नी शुरू हुई थीं-

अरे सुनो न, ''अपने इश्क़ पर कविता लिखी है, आज ही''-

''उफ्फ, यह दुश्वारी सा अपना मेल प्रिये,

''मैं बनारसी तू दिल्ली की फीमेल प्रिये''

''...और तू अब कविताओं की बकचोदी इतनी रात मत पेल प्रिये।'' (... और फट पड़ी उसकी गंदी जुबान)

हाँ, वो पूरी की पूरी डेल्हाइट थी, बिंदास, बेहया और घर वालों की नजरों में फुल्ली आवारा... कुछ पंजाबन और कुछ दिल्ली की मिली-जुली जुबान। जाने कब दिल्ली में दिल लग गया था, पता ही नहीं चला। पता तब चला जब वही बेहया बन कर बोल पड़ी थी।

(बर्थडे के ठीक एक दिन पहले उसी ने रेड वाइन की पार्टी दी थी और बार में बस एक दो लोग ही बचे थे उस रात, कुछ पैग और बतकही के दौर के बीच सहसा...)

''लौंडिया पटाने का पिच्छू में बूता नहीं और देश बदलने की बात कर रहा, हुँह। साली चुल्ल इधर मची हो तो तुम बनारसी बस बातों से ही उँगली किए रहो... हद है।'' (उस दिन दोनों रेड वाइन दिल्ली के उस अनाम से बार में पी रहे थे, शायद उसे ठीक-ठाक चढ़ गई थी और इधर दूसरे पैग पर नशा चढ़ने से पहले ही उसकी बातें उँगली कर गई थीं)

''बस, हो चुका... चढ़ने लगी है तुमको। कैब ऑन द वे है, बैग उठा लो चलो तुमको हॉस्टल ड्रॉप कर देता हूँ।''

वो पूरे मूड में थी - ''क्या शरम आ रही मेरी बातों से, लड़की प्रपोज कर रही और तुमको उसको सेफली हास्टल छोड़ने की पड़ी है''

''हम्म, प्रपोज कर दूँगा और रेड रोज भी दे दूँगा मगर ऐसे बहकती हॉस्टल जाओगी तो वार्डन तुमको घर सीधे पार्सल कर देगी।'' (इतना कहते ही उसकी आँखों से दो बूँदें टपकती देखी थीं, रास्ते भर कैब में चिपक कर बाँहों में भरे हुए मानों खुद को कहीं समा जाने को वो आतुर सी नजर आ रही थी... पहला-पहला अहसास था)

तंद्रा तब टूटी जब कैब ड्राइवर बोला कि ''आ गया साहब, सिन्हा गर्ल्स हॉस्टल'' (उस रात वो बडी मुश्किल से खुद को जुदा कर रही थी, आँसू इरादे साफ कर रहे थे कि उसे रेड वाइन कम और इश्क़ का नशा अधिक चढ़ा हुआ था, पास ही होटल की ओर यह कदम भी बढ़ चले)

उस रात मोबाइल पर बधाई संग स्माइली की किस करती हुई वह निगोड़ी इमोजी सारी रात बेचैन किये रही। जाने इस रात की सुबह कब होगी... हाँथों की उँगलियाँ काल पर जाती और देर रात उसे कॉल करने की हिमाकत से सिहरन भी... यह इश्कियापा अगली सुबह टूटा जब उधर से ही कॉल आई।

''ओए हद है यारा! तू वी न... फोन नहीं कर सकता सिर्फ मैसेज-

मैसेज भेजता रहता है, वो भी जब तक मैं न करूँ। हैप्पी बर्थडे भी नहीं बोला तूने रात 12 बजे, सिर्फ मैसेज भेज कर सो गया...।''

"मुआह, हैप्पी बर्थडे डे, लव यू ढेर सारा।'' (एक साँस में मानो पूरी बुलेट ट्रेन गुजर गई हो आँखों के सामने से अचानक सरपट...)

"तू वी न बुद्धू ही रहेगा, मुआह बोलता है बस करता कुछ नहीं। दिल्ली आकर भी कुछ समझता नहीं ए झल्ला कहीं का। वैसे दोपहर में निकल तो रहा है मगर फिर कब आ रहा ये बता... पिछली बार भी तेरी कनेक्टिंग फ्लाइट थी, मगर दिल्ली नहीं रुका सीधे बनारस उड़ गया।''

"हम्म, लाइफ ही ऐसी है बिज़ी-बिज़ी कनेक्टिंग टाइप की।''

"सच बोल रही हूँ, दुनिया जहान के लिए तेरे पास टाइम है कनेक्ट होने को लेकर बस मुझे छोड़कर हर कहीं कनेक्ट रहता है। दिल्ली तेरा आना और तेरे साथ घूमना और मस्ती, सब अब सपना ही लगने लगा है।

सफाई देते हुए - ''आऊँगा बाबा, जल्दी आऊँगा''

"पिछली बार बोला था तीन साल पहले तो एक बार दर्शन हुए। अब तो सर्दी भी बीती जा रही...'' (जाने क्या कहना चाह रही थी वह बावरी जो अक्सर लेट नाईट आफिस से लौटते हुए दिन भर की गॉसिप शेयर करते दुनिया भर की प्रेम कहानियाँ सुनाती रहती थी। जाने कितनी प्रेम कहानियाँ उसके होंठों से होकर गुजरती तो मन के कोने से उपजता हुआ ''चित्त'' चोर यह सवाल करता कि इन होंठों से अपनी भी कोई प्रेम कथा का अमृत छलकाता, खुद के लक पर यकीन नहीं था मगर अब यह सच था)

"ए हेलो, फोन मैंने किया बिल मेरा बढ़ रहा है, कुछ बोल भी न यारा कब दिल्ली आएगा।''

सोचते और मुस्कराते हुए - ''कल रात की यादों के बाद अब तो आना ही पड़ेगा, नए बरस को 18वाँ साल जो लग गया।''

"ओए, तुझे भी लग जाये 18वाँ साल तो साथ में बुद्धा गार्डन चलेंगे।'' (मानो वो मादा आज चिढ़ाने पर आमादा थी)

''पक्का चलोगी लेकर...'' (बातें बनाते हुए)

''तू आएगा तब न।'' (खामोशी को जुबान देते हुए)

''आऊँगा... तुम्हारे इमोजी ने मजबूर कर दिया, मेरा तो दिन नहीं पूरा साल बन गया।''

''ओय, मैंने क्या इमोजी भेज दिया तुमको?'' (छेड़ने के अंदाज में)

''वो मुआह वाला...''

''ओह! अच्छा, तो उससे पूरा साल बन गया। मतलब पूरा साल मुझे बनाओगे?'' (पूरे तंग करने के मूड में थी शायद)

''क्या?''

''उल्लू और क्या, हमेशा की तरह, हुँ।''

''न मेरी जान पक्का आ रहा हूँ जल्दी ही।''

''सुन ना, 16 फरवरी को कजिन की शादी है आजा न तू वी, खूब मस्ती करेंगे।''

''घर में कोई पूछेगा तो?'' (चिंता जाहिर करते हुए)

''बोल दूँगी, मेरा उम्मीद आया है।''

''उम्मीद?'' (आज भी नहीं समझ में आया कि वो क्या उम्मीद से लगा बैठी थी)

''मेरा होप बुद्धू...'' (जाने क्या बोल गई और खुद ठठाकर हँस भी ली, कुछ पूछता उससे पहले उसके गीत मेरे कानों में पड़े... ''तड़पाये-तरसाये रे सारी रात जगाए रे... प्यार तेरा दिल्ली की सर्दी...'')

''ओ कुड़ी! ये कैसा गाना गा रही हो? कोई स्पेशल सर्दी पड़ती है तुम्हारी दिल्ली में?''

''उस सर्दी को करीब से महसूस करने के लिए दिल्ली में दिल्ली तो

आना ही पड़ेगा।'' (दिल्ली में दिल्ली आना सरीखा कोड वर्ड कही समझती और समझाती रहती थी)

''देखो, पक्का दोबारा आ जाऊँगा?''

''आ जाओ डरती हूँ क्या?'' (बोल्ड बातों और हौसलों की बुलंद तस्वीर थी वो)

''उंह, डराने थोड़ी आऊँगा...।''

''तो गले से लगाने थोड़ी आ रहे हो। हुँह...'' (इस जवाब की कल्पना रात के इमोजी वाली कल्पना के काफी करीब था... जाने इस जवाब ने कई सवालों को कत्लेआम कर डाला था। सच में उसकी मासूम सी ही तो जिद है दिल्ली कितनी दूर है?)

''सुनो, आ रहा हूँ न दोबारा दो महीने बाद दिल्ली।''

''मतलब, इसी सर्दी में?''

''हम्म, तुम्हारा लिहाफ बनकर।'' (बेहयाई के साथ)

''वाव! कितने रोमांटिक हो गए हो कल रात से, यकीन नहीं हो रहा कि अभी थोड़ी देर पहले तुम्हे मुआह का मतलब ढंग से नहीं समझ आ रहा था।'' (अब वह भी छेड़ ही रही थी)

''कुछ चीजें अंडरस्टुड होती हैं।''

''जैसे?''

''तुम और तुम्हारी बातें।'' (तारीफ में कसीदे पढ़ते हुए)

''ओहो! दिल्ली की सर्दी तुम्हारा वेट कर रही है।'' (जाने क्या उसके इरादे थे)

''जिगर माँ बड़ी आग है...'' (गाने के दो अल्फाज़ निकले ही थे)

वो और उसकी बातें - ''आ तो जाओ, दिल्ली सब ठंडा कर देगी।''

"इन अरमानों को भी?"

"हम्म, शायद...?" (हँसते हुए लव यू बोलकर उसका फोन कट करना मानो कितनी उड़ती पतंगों को पतंगा बनाकर अरमानों की आँच में झुलसा गई थी)

(2)

फिर एक दिन.... उसका मूड वाकई अपसेट ही लग रहा था।

फोन पर ही - "हाय, कैसी हो"?

"पता नहीं काफी अपसेट-सा फील कर रही हूँ, माँ और डैड आ रहे हॉस्टल कल।"

समझाते हुए- "अरे, ये तो अच्छी बात हुई न।"

"स्टुपिड वाली हरकत शुरू कर दी?" (उससे इस तरह के जवाब की अपेक्षा तो कतई नहीं थी)

"पूछना ही पड़ा कि आखिर इसमें स्टुपिडिटी जैसी क्या बात?"

बताना भी उसका सवाल सरीखा नजर आ रहा था - "हॉस्टल क्यों आ रहे ये पता भी है?"

"हम्म, बताओगी तब तो समझ में आएगा।"

"बता ही तो रही हूँ न कि अपसेट हूँ। (लड़कियों की बातें लड़कियाँ ही जानें)

कुछ नहीं सूझा तो पूछ बैठा - "वही सवाल घूमकर फिर कर रहा हूँ, अपसेट क्यों"?

"तुम या तो नॉन सीरियस हो या तो बड़े होने की तुमको कोई जल्दी ही नहीं है, जानते भी हो कि एक लड़का देखने आ रहा कल मुझे।" (अनचाही सी समस्या आ पड़ी थी)

मन मसोसकर - ''ओह! ठीक तो है।''

वो भी बोल पड़ी - ''क्यों ठीक है''?

''तुम्हारे फ्यूचर के बारे में घर वाले सोच रहे हैं तो ठीक ही होगा न।'' (न चाहते हुए शब्द निकल पड़े)

''क्यों तुम्हारे घर वाले नहीं सोच रहे?'' (टोन्ट कसने का शायद मूड था)

अधूरे शब्द इधर मानो इंतजार में थे- ''हम्म, सोचे बहुत मगर...''

''तुम क्यों अपसेट हो गए? कोई है क्या दिल में हिडन क्रश?'' (शायद अब मूड चिढ़ाने का हो चुका था,जाने क्यों लड़कियों का मूड समझने का हर प्रयास फेल क्यों हो जाता है)

''पता नहीं'' (शब्द वाकई कम पड़ने लगे थे)

''ओए, कहीं तुम्हारी हिडन क्रश से पहले वाली बैड लक की क्रश में तो नहीं जो इतने सेंटी हो गए? ये जलेबी गोल-गोल छानना बन्द करो और जो मन में है सीधे कहो। साला मैं लड़की हूँ, शरमा तुम रहे हो।''

''कभी सोचा न था।'' (बात पर गंभीरता के साथ)

''क्या? कि मैं किसी और संग भाग जाऊँगी?'' (ठहाका लगाते हुए)

''तुम और भागोगी नेवर, हॉस्टल से ऑफिस भी जो धीरे-धीरे चार कदम चलती है सीता जी की तरह, वो नहीं भाग सकती, नेवर।'' (कुछ यही अंदाज था उसे छेड़ने का, वो धीरे चलती तो चिढ़ाने के लिए रामायण वाली सीता की चाल का ताना देना पड़ता था)

''ओहो! जनाब मेरी चाल पर भी नज़र गड़ाए हैं। बोलो- बोलो मन में और क्या-क्या भरा पड़ा है, बोल दो।'' (अब नया रूप था जो मानो लड़ने पर आमादा था)

''पता नहीं, कभी तुमको बहुत करीब से फील नहीं किया मगर जब बताया कि लड़का देखने आ रहा तो बहुत बुरा सा फील हो रहा। पता नहीं

क्यों तुमको खो देने जैसी वाली सडन फीलिंग हुई।'' (मन की बात जुबां पर आती चली गई)

''ओह, होता है... तुम भी जब बताते हो कि लड़की वाले आ रहे तो यइच वाली फीलिंग अपन को भी होती है। सोचती हूँ अच्छा लड़का है दिल का भी साफ है थोड़ा दिमाग का भी साफ है किसी गलत लड़की के चक्कर मे फँस गया तो मुस्कुरा भी नहीं सकेगा।'' (चिढ़ाने के अंदाज में)

अब मन हल्का था - ''इतना सोच जाती हो मेरे बारे में''?

''शपथ यारा... बाई गॉड, लड़की हूँ बेहया नहीं... अपना समझ के जो बोलना था बोल दिया।''

''हम्म, अपना सिर्फ समझ के?''

''हम्म क्योंकि पराया कल तो आ ही रहा है देखने मुझे, फाइनल कर लूँ, देखने मे भी ठीक-ठाक है?''

''सोच लो, थोबड़े से हीरो और हरकतों से वो विलन निकल गया तो?''

''फिर तो तुम हो न, उसके वाले हीरो?'' (ठठाकर हँस पड़ी, क्योंकि उसने एक बार खुद ही बताया था कि ट्रेन में हर लड़के को किन्नरों की टोली हीरो बोलकर ही उगाही करती है, कभी वो भी उगाही पर आती थी तो उस किन्नर कथा के बहाने भावनाओं की धड़कनों से उगाही कर ही लेती थी)

हालाँकि समय गंभीर होने का ही था - ''समय वेट नहीं करता किसी का, वक्त है परिंदे की तरह दरिंदा बनकर जाने क्या-क्या और कहीं-कहीं उड़ा ले जाता है''

''मैं करूँगी तुम्हारा वेट।''

''... और कल लड़का आएगा देखने तब?''

''आईना दिखा दूँगी, लड़का अपना थोबड़ा देखकर थोड़ा टेंशन में

रहेगा?''

"हम्म, पर्स में हमेशा तो रखती हो आईना।''

"मेरे पर्स पर नजर रखते हो?''

"कमाता हूँ, नजर नहीं इरादे रखता हूँ तुम्हारे पर्स पर।''

"कमा के मुझे कबसे खिलाओगे?'' (वो भी थोड़ी सेंटी सी हो गई थी)

"हम्म, जब भी अपने घर वालों की हरी झंडी ले आओ।''

"डरते हो क्या? खुद ही बात कर लो डैड से अगर हिम्मत है तो?'' (और भी न जाने क्या-क्या चुनौतियाँ उसने दीं, कुछ बातें उसकी डराने वाली थीं तो कुछ हौंसला बढ़ाने वाली)

"उन्ह, हिम्मत होती तो अब तक तुम्हें बोल चुका होता कि आ रहा हूँ आज फाइनल बात करने, जवाब में हाँ मिला तो ठीक नहीं तो खुद को फिनिश।

"उफ्फ, इतने सेंटी होने की जरूरत नहीं, मेरे डैड हैं कोई बनारसी साँड नहीं जो तुमको लाल कपड़ा समझ के पिल पड़ेंगे।''

"उफ्फ, मुझे तो तुमने चुनौतियाँ दे-देकर मानो काऊ बॉय ही बना दिया।''

"मतलब मेरे डैड साँड हैं?'' (अब इरादे बदल रहे थे उधर से)

सफाई देते हुए- "मैंने कब बोला''?

"ए हेलो!'' (गुस्से में)

"लड़ लो, तबियत ठीक रहेगी।'' (चिढ़ाते हुए)

"शादी के बाद तुमको तो देख लूँगी। (भविष्य के यह अनोखे नजराने उसने इन शब्दों से मुझ पर ही वार दिये)

(3)

उन सर्दियों में अपने वायदों की दूसरी मुलाकात वैलेंटाइन डे पर, चाँदनी चौक मेट्रो स्टेशन की भीड़-भाड़ के बीच।

"पकड़ो न मेरा हाथ... हम्म ऐसे ही थामे रहो।'' (उस मेट्रो की बेंच पर मेरे कंधे से सिर टिका कर सोने का उपक्रम कर रही थी मानो उसे लौट कर घर जाने की कोई जल्दी नहीं और वापसी की ट्रेन चार घण्टे बाद ही लौट जाने से वह बेफ़िक्र थी)

"ए! पगली घर नहीं जाना?'' (सवाल फूट पड़े)

"मेरा घर ही मुझसे दूर जा रहा है आज, उसी को थामने की कोशिश है। प्लीज न जाओ मुझे छोड़कर...'' (आज जाने की जिद न करो के अनकहे सवाल फिज़ा में तैर रहे थे)

"छोड़कर भला कहाँ जा रहा हूँ, जाना तो मजबूरी है ताकि फिर वापसी की आस बनी रहे।'' (एक पल में कुछ दिनों तक घूमना-फिरना मौज-मस्ती और उसकी खिलखिलाती हँसी की तलाश उसकी उदासी में करने लगा था)

"पिछली बार गए तो इतने दिन बाद आए हो, पता है कितनी परेशान रही हूँ! प्लीज, जिद न करो... यहीं रुक जाओ मुझे थामे हुए।'' (यह कहते हुए उसने बाँहों में भरने की अनगिनत कोशिशें शुरू कर दीं इस भीड़-भाड़ वाले मेट्रो स्टेशन में, झिझकती नजरें जमाने की घूरती निगाहों से बचने की कोशिश करतीं तो उसकी बेहयाई की अदा ने इधर भी बेहया बन जाने का सम्बल दे रखा था आज)

"आऊँगा जल्द ही, तुमको साथ ले जाने के लिए ताकि फिर तुम्हारी शिकायतें न हो।'' (उसे साथ ले चलने की बात कहते ही उसकी बड़ी-बड़ी हिरनी सी आँखों को जब निहारा तो काजल लगे आँखों से धूसर से आँसुओं की रेख उसके कपोलों को चूमती हुई बह निकली)

"लव यू यारा, मत जा न प्लीज...'' (उसकी पकड़ में किसी बच्चे की

खिलौने को थाम लेने की जिद थी)

"चलो ड्रिंक करते हैं कहीं?" (उसकी उदासी में ड्रिंक करने की आदत बखूबी पता है)

"तुम तो ज्यादा पीते नहीं, साथ दोगे?" (उसका साथ दोगे का सवाल जाने कितने प्रश्नों को समेटे था)

"जो तुम्हारी इच्छा!" (मानो उसकी जिद शब्दों में उतर आई थी)

"बक, सिर्फ बियर ही पीना और मुझे रेड वाइन ताकि मेरे चेहरे का ग्लो बढ़ता रहे।" (उसे हमेशा रेड वाइन ही पीना होता था, उसका लॉजिक नहीं समझ सका आज तक कि रेड वाइन से चेहरे पर ग्लो बढ़ता है)

"ओके मेरी जान, रेड वाइन पीकर देखो टमाटर की तरह हुई जा रही हो।" (खिलखिलाते चेहरे संग रेड वाइन की लाली उसके कपोलों पर बरबस झलक रही थी)

"सुनो, मेरा कभी-कभी ड्रिंक करना तुम्हें पसन्द नहीं है?"

"तुम्हारी अच्छी आदतों से इश्क़ है तो बुरी से भी। तुमने ऐसा क्यों सोच लिया?"

"तुम्हारे घर में लोग किसी रेड वाइन पीने वाली को कुबूल करेंगे?" (यह सवाल तो आज भी सवाल और बवाल के बीच के अहसासों में तराजू पर है)

"कतई नही!" (सच बोलते हुए)

"भरोसा रखो, रेड वाइन पीना छोड़ने की जल्द ही कोशिश करूँगी।" (जाने क्या हिचक थी कि उसने शर्म से नजरें नीचे कर ली?)

"उन्ह! मुझे भी पीना सिखा दो और खुद की तरह जीना सिखा दो। बस एक दिक्कत है फिर भी..."

"वो क्या?"

''रेड वाइन से तुम क्वाइट से ग्लो करती रेड हो जाती हो। मगर मैं साँवले से क्या हो जाऊँगा।'' (चिढ़ाते हुए)

''यारा तू वी न... मार दूँगी हाँ नहीं तो।'' (इतना कह कर एक घूँसा सीने में देकर अमरबेल की तरह उसी बेंच पर लिपट गई मानो आज इश्क़ को विदा करने का उसका इरादा ही न हो...)

''आज विदा नहीं करोगी हँसकर ?''

''विदाई चाहते हो ?''

''उन्ह, कतई नहीं।''

''फिर ये सवाल क्यों ?''

वजह स्पष्ट करते हुए ''मजबूरी है''

''तुम्हारी मजबूरी मैं कब बनूँगी ?''

''तुम्हारे साथ नेक्स्ट टाइम रेड वाइन लेने के बाद।'' (इतना कहते हुए उसके सर्दियों में रेड वाइन से सफेद चेहरे पर लाल हो चुके रहे गालों को हाथों में थामकर माथे पर प्रेम प्रतीक अंकित कर दिया। इस बात से बेफिकर होकर कि भीड़ भरी मेट्रो में कोई और भी इस प्रेमालाप को अमर्यादित समझकर घूर रहा होगा)

7

सौदा प्रेम का

काशी का गंगा तट स्थित शीतला घाट चैत मास की उस सप्तमी पर भरी दोपहरी मानो तमाशा बनी हुई थी। जिसको देखो भागा-दौड़ा चला आ रहा था। माधव, गोपाल, गिरधारी और बिरजू सबके सब नाव किनारे बाँध कर भागे दौड़े चले आये। घाट पर इसी बीच कोई पूछ बैठा-

"शूटिंग-वूटिंग कौनो होत हौ का?"

सवाल सुनते ही भीड़ में मौजूद सबके चेहरे उसे काट खाने को आतुर हो उठे। भीड़ में असहज सवाल करने वाला भी मौन होकर सामने मौजूद दृश्य निहारने लगा। जहाँ कमसिन सी नवयुवती, एक कई बच्चों वाले अधेड़ को अपना प्रेमी और बुजुर्ग को पिता बता रही थी। बुजुर्ग जिसे युवती अपना पिता बता रही थी, वो शहर के सबसे रईस परिवारों में एक सौदागर सिंह थे। सही मायनों में वो उसके दादा की उम्र के थे। वह युवती सौदागर को कसमें खिलाये जा रही थी।

''खाओ गंगा मैया की कसम कि हमको यहीं बोरा में मुँह बाँधकर नहीं फेंके थे? खाओ गंगा मैया की कसम कि ई हमारा प्रेमी नहीं है?''

युवती का सवाल गंगा किनारे खड़े हर व्यक्ति को साल रहे थे। मौके पर भेलूपुर थाने के दो सिपाही कंधे पर बंदूक सँभालते तो कभी कंधे से उतार कर घाट के चौकी पर रखकर सुस्ताने की कोशिश करते। भीड़ थी कि माज़रा समझने की कोशिश कर रही थी। उधर सौदागर सिंह जो कभी रुआब से सफारी पर फक्क सफेद कपड़ों में नजर आते थे। शहर के सबसे बड़े आयोजनों की वह रौनक हुआ करते थे वह आज घाट किनारे गाय के गोबर में कितने बार बूड़े होंगे उनको खुद अहसास नहीं था।

युवती के हर आरोप के साथ झर-झर बहते सौदागर सिंह के आँसू पहली बार गंगा मैया ने ही नहीं शहर वालों और उनके परिजनों ने देखे होंगे। युवती थी कि जिद पर अड़ी थी गंगा मैया की कसम खाने पर।

''का हुआ? खपरी लगी है न मुँह में? गंगा मैया की कसम खाने की हिम्मत नहीं बची? तो खा लो मेरे सिर की कसम मर के लौटी हूँ। गंगा माई ने बुलाया है। तुम्हारी रईसी और रसूख को औकात दिखाने। गंगा मैया का इंसाफ दिखाने। यहीं रोज नहाने आते थे न बप्पा? बोलो, पाप धुले तुम्हारे या मेरी हत्या कुबूलोगे सबके सामने?''

पूरी भीड़ के मन में मरी हुई युवती के जीवित होने की कहानी समझ में आने लगी थी। उसका अधेड़ प्रेमी गोविंद राजभर भी तखत को तख्त मान कर मानो अपनी जवाँ मोहब्बत को उसी दौर में दो दशक बाद देख रहा था। अब युवती गोविंद की तरफ मुड़ गई और घसीट कर गंगा में खड़ा कर दिया। गोविंद भी मानो उसकी छुवन को महसूस कर तमाशे में मदारी का दूसरा बन्दर महसूस कर रहा था। आखिर पचास की उम्र में 20 साल की नौ यौवना उसे प्रेमी बता रही थी जो उसके पिता की उम्र का हो चुका था। सहसा युवती की चुप्पी आँसुओं की धार संग टूट पड़ी।

''काहे! तुम तो हमसे प्यार करते थे? कौन गली, मोहल्ला, घाट पे हम नहीं मिले? कौन छत, कौन बडेर अपने मिलन की गवाह नहीं रही? ई

गंगा मैया भी समझ रही हैं। अब गंगा में खड़े हो, गंगा माई कसम सबको सच सच बताओ हमारा क्या रिश्ता था?''

सकपकाता हुआ गोविंद भी पुरानी यादों में डूब गया। 'रत्ना', हाँ रत्ना ही नाम था। होली, दीवाली, दशहरा, शिवरात्रि, नक्कटैया, बीएचयू और न जाने कहाँ-कहाँ मिले मौके को प्रेम की पींगें सौदागर सिंह के ड्राइवर के तौर पर उसे रत्ना संग बढ़ाने को मिली थीं। सहसा उसे याद आयी वह काली रात जब सौदागर सिंह और उसके बेटों ने दोनों को हवेली की छत पर चाँदनी रात में पकड़ लिया था। जाने कितनी लाठियाँ चटकीं थीं उस देव-दीवाली की पूनम वाली रात दोनों के जिस्म पर। तुलसी अखाड़े का सौदागर और दोनों बेटों का शरीर जब दोनों पर कहर बनकर टूटा तो दोनों को अधमरा समझ कर ही माना। गोविंद को घर की चौखट से बाहर कर कुंडी बंद कर दी गई थी। अंदर रत्ना की चीखें भी मद्धम पड़ती जा रही थीं।

सहसा गोविंद की चीखें निकल पड़ीं... ''रत्ना... रत्ना...!''

भीड़ अवाक् थी, जुबाँ खामोश मगर खुसफुसाहट भी। पुरनियों को याद थी रत्ना तो सौदागर सिंह की वो कमसिन कली थी जिसकी खूबसूरती के किस्से बीएचयू के हर छात्रावास में लौंडों के जुबान पर थे। पर मजाल कि सौदागर सिंह के नाम के आगे किसी की नज़र रत्ना पर उठ जाती। अचानक एक दिन अखबारों की सुर्खियाँ शहर ने पढ़ी थी -

''उद्योगपति सौदागर सिंह की बेटी की गंगा में डूबने से मौत''

''...तो ये रत्ना है?'' सबकी जुबान पर एक ही सवाल। घाट के हर मंदिर के पुजारी से लेकर विद्वतजनों की भीड़ उमड़ती जा रही थी।

घाट पर गंगा माई की कसमें दी जा रही थीं बस गंगा की कसम जिस जुबान को खानी थी, वही सौदागर आज जाने किस सौदे में घाटा खा गया था?

सहसा! आहिस्ता-आहिस्ता अस्सी साल के बुजुर्ग उद्योगपति ने अपने कदम गंगा की ओर बढ़ाने शुरू किए। यही वो स्टेप इस घाट पर शेष बचा था जिस पर सबकी नज़र थी।

घुटने भर पानी में घुसकर गंगा जल हाथ में लेकर सौदागर सिंह के काँपते होंठ बोल पड़े

"हे गंगा माई, जिंदगी भर पाप से मुक्ति के लिए यहीं डुबकी लगाई। रत्ना को भी यहीं डुबाया था आधी रात को। बाप का कलेजा पत्थर का हो गया था। माँ मगर ममतामयी होती है, ममता का कर्जा इस जन्म में नहीं उतार सकता। क्योंकि पाप हुआ है हमसे। आज ई लड़की जाने कहाँ से बीस साल बाद आई मगर जो बोली एक-एक रत्ती सच बोली है। हे गंगा माई अब बोझ नइखे सहि जाला हमसे। हमहू के लै चला।"

देखते ही देखते धाकड़ तैराक सौदागर सिंह गंगा में समाते चले गए। जब तक लोग कुछ समझ पाते और बचाने का प्रयास करते शरीर गंगा में गुम हो चुका था। दोनों सिपाही मल्लाहों से चीख-चीख कर डूबे सौदागर को खोजने का आदेश दे रहे थे। मगर सौदागर को सौदा करना बखूबी आता था और माँ गंगा को भी शायद यह सौदेबाजी कुबूल थी। घण्टों गंगा की लहरों पर शव की तलाश चली, भीड़ भी छँट चली थी, धूप की तल्खी के बीच।

तखत पर एक सिपाही पुनर्जन्म वाली रत्ना और गोविंद ही बचे थे। नदी में नौका चालक जाल और महाजाल फेंक कर सौदागर को तलाश रहे थे और घाट पर इंसाफ अधूरे इंसाफ की चौखट पर सिसक रहा था।

"सुनो गोविंद..."

"हम्म, बोलो।"

"अब तो तुम्हारे बच्चे भी हो गए होंगे?"

"हाँ, एक बेटी है तुम्हारी जितनी बड़ी होगी। पढ़ने गई है। ... और तुम?"

वापस ज्ञानपुर जा रही हूँ, पुनर्जन्म की कहानी यहीं गंगा मैया की गोद में छोड़कर। नई जिंदगी जीने। अब पिछली जिंदगी के बोझ का आज सौदा पूरा हो गया।

दूसरी ओर घाट की सीढ़ियों पर सौदागर सिंह का पूरा कुनबा मुँह पर रुमाल ढँके हुए एक दूसरे से नजरें चुराने की अनचाही कोशिश करते हुए रत्ना को घाट की सीढ़ियाँ चढ़कर विदा होते देखता रहा था। दूसरी ओर गोविंद की आँखों से छलक आये आँसुओं की अनन्त लड़ियों को गमछे का सहारा मिला। उसे भी समझ नहीं आया कि गंगा मैया का ये किनारा जाने कितने जन्मों का हिसाब-किताब याद रखता है। जिंदगी के बही खाते और सौदे भला गंगा मैया से कब छिपे हैं।

8

रकला चलो रे!

सर्दी में डूबी गणतंत्र दिवस की वह पूर्व संध्या वाराणसी कैंट जंक्शन पर दूर देश के परदेसी और देसी यात्रियों का अंतहीन काफिला धक्का-मुक्की के बीच अपने मंजिल की तलाश में ए पार से ओ पार तक बढ़ता चला जा रहा था। ये बनारस है! ...और यहाँ रेलवे स्टेशन पर ''ए पार और ओ पार'' का भेद न समझ पाने वाले कब लाचार हो जाएँ समझ पाना मुश्किल है। हड़बड़ी में पहुँचने वाला रेलवे की उद्घोषणा सुनते-सुनते बोर होता यात्री मन बेकल होकर एक ओर से दूसरे छोर तक ठंड से राहत पाने के लिए चाय की तलाश में भटकते-टकराते और सॉरी बोलकर बढ़ते कदमों के बीच नन्दी बाबा से भेंटा जाना भी कैंट स्टेशन पर मुमकिन है।

आज भी हमेशा की तरह ट्रेन लेट थी वो भी पूरे तीन घण्टे। ट्रेनों के आगमन-प्रस्थान की उद्घोषणा के बीच गुरु रवींद्रनाथ टैगोर की ''जोदि तोर दक शुने केऊ ना ऐसे तबे एकला चलो रे'' की बोली भी रेलवे की स्वच्छता की प्रेरणा कम और मन के उड़ते हंस के एकाकी परवाज को

ज्यादा सूट कर रहा था।

सर्दी की वह रात ट्रेन का इंतजार करते प्लेटफॉर्म पर ''एकला चलो'' के बोल और अकेला चलता रंजीत आज बनारस को विदा दे रहा था। चार छह बैग में पूरी गृहस्थी समाई थी। लिहाजा चार बैग पीजी लंका वाले (पेइंग गेस्ट) से लेकर निकला था। जाते समय बाबा विश्वनाथ से भी नहीं मिला, नाराजगी जैसे भावों से ईश्वर से भी हारने की वजह थी आज। फुट ओवर ब्रिज से सीढ़ियों से नीचे उतरकर प्लेटफॉर्म पाँच पर बने बेंच पर बैग रखकर गहरी साँस ली और धम्म से वो भी बैठ गया। अँधियारे के बीच धवल रोशनी से आस-पास अनजाने चेहरों में जाने जिसकी तलाश थी शायद वो ही नहीं था।

आम दिनों में बरखा हर बार उसे स्टेशन छोड़ने आती थी। आज बरखा को छोड़कर ये बादल कहीं और उड़ चला था।

''बादल?''

हाँ बादल ही तो हूँ, जहाँ जाऊँगा उम्मीदों की बारिश करूँगा। डैड कहते थे जिस दिन पैदा हुआ उस दिन सीजन में भीषण गर्मी में पहली बार बरसात हुई थी। इसलिए घर का नाम डैड ने बादल ही रख दिया।

बरखा से पहली मुलाकात की उन हँसी यादों में रंजीत डूब गया।

लंका की उस तंग गली में बने पीजी के सामने ही किराए के घर में बरखा और उसका परिवार चंदौली जिले से आकर बसा था। दोनों मकान की खिड़कियाँ ही नहीं नजरें भी यहीं एक हो गईं थीं। टेलीकॉम का एरिया मैनेजर रंजीत की कमाई ठीक थी तो बरखा के परिवार में गाँव की खेती का और पिता की प्राइवेट नौकरी का ही सहारा था। बीएचयू वीटी (काशी हिंदू विश्वविद्यालय विश्वनाथ मंदिर) में पहली बार शिवरात्रि पर ही मुलाकात हुई थी।

''अरे आप तो वही हैं न जो मेरे पीजी के सामने रहती हैं।''

''जी, मगर यहाँ शिवरात्रि पर क्या माँगने आये हैं बाबा से?'' बरखा

ही खिलखिलाकर बोल पड़ी थी-

जाने फिर कितनी बार वीटी में दर्शन के बहाने मिलने और प्रीत के अफसाने बने।

एक दिन

बरखा- ''सुनो परेशान हूँ किसी तरह बीबीए तो हो गया मगर एमबीए के लिए पापा मना कर रहे हैं, फीस पचास हजार हर सेमेस्टर के लग रहे हैं। नहीं मैनेज हो पा रहा, समझ नहीं आ रहा क्या होगा?

रंजीत - ''डोंट वरी एडमिशन ले लो, फीस मैं भर दूँगा।''

''सच्ची?'' कहकर बरखा ने बेहयाई से वीटी के पार्क में रंजीत को बाहों में भर लिया था।

यह मंजर देखने वाले किसी बुजुर्ग के मुँह से निकल गया।

''ये रंडी की औलादें चकला घर सर्वविद्या की राजधानी में ही खोल ली हैं।''

कमेंट सुनकर रंजीत भी झेंप गया था। प्रेमालाप का उचित मंच तो कतई नहीं था। मगर बरखा तो मानो किसी भी आरोप से बेपरवाह हो चुकी थी। देखते-देखते दो साल में प्रेम तो परवान चढ़ा ही गंगा घाट से लेकर वीटी तक और पढ़ाई भी पूरी होने से पहले एजीएम के तौर पर उसी कम्पनी में प्लेसमेंट हो गया जहाँ रंजीत एरिया मैनेजर हुआ करता था। बरखा के घर की स्थिति सुधर गई अचानक लाख रुपये से ऊपर की सैलरी और कम्पनी की सुविधाएँ। मानो बरखा के घर लक्ष्मी की बारिश हो रही हो।

एक दिन

बरखा की केबिन में रंजीत गया था हालाँकि यहाँ वो बॉस थी और वो कर्मचारी। मगर आज बरखा रंजीत को परफॉर्मेंस रिपोर्ट और न जाने क्या-क्या रिजल्ट, वर्क, प्रोजेक्ट और जवाबदेही को लेकर समझाने और शिकायत में लगी थी।

"अरे हाँ! तुम्हारे वो एमबीए फीस के दो लाख रुपये लौटने थे।"

अचानक एक ब्राउन इनवेलप में बरखा ने नेमत लौटाने की कोशिश की। मगर रंजीत "नो नीड" कहकर तेज कदमों से आफिस से निकल गया।

रास्ते में था कि बरखा कॉलिंग स्क्रीन पर देखकर मजबूरी में उठा लिया।

"हम्म!"

"देखो रंजीत मैं कोई चीज उधार नहीं रखना चाहती। माना कि जब मुझे जरूरत थी तो तुमने मदद की अब मेरे पास है तो लौटा रही हूँ। आफ्टर ऑल हम दोनों बेस्ट बड्डी भी तो हैं?"

रंजीत झुँझला गया- "बड्डी? माइ फुट! जानू, शोना और न जाने क्या क्या... और आज... ये फीस वापसी?"

बरखा- "तुम समझा करो रंजीत, कॉर्पोरिट कल्चर है अब मैं तुमसे खुलकर नहीं मिल सकती। सीनियर लेवल पर लोग क्या सोचेंगे? तुम खुद सोचो कि तुम कहाँ रह गए और मैं कहाँ आ गई। एक फीस का एहसान था बस वही उतारने का अंतिम बोझ बचा था। वैसे भी पापा एक ऑफिसर लड़के से रिश्ता भी लगभग फाइनल कर ही चुके हैं।"

इस बार रंजीत टूटा फील कर रहा था। कदम फील्ड की ओर नहीं पीजी की ओर बढ़ गए थे। कमरा काटने को दौड़ रहा था और सामने बरखा का वह गरीबी वाला कमरा खुला था। वो महीने भर पहले श्री बीएचके फ्लैट में शिफ्ट हो चुकी थी। उसके खुली और खाली खिड़की से कबूतरों का आना-जाना बता रहे थे मानो उजाड़ उम्मीद पंख लगाकर उड़ चुकी हैं।

जेब से फोन निकालकर डैड को फोन लगाया। काँपते होंठों से बोला- "डैड, बनारस छोड़कर आ रहा हूँ आपके पास।"

"लेकिन क्यों ऐसा क्या हुआ? जॉब में सब बढ़िया तो चल रहा है न? अचानक?"

रंजीत- ''कुछ नहीं डैड, बस अपने घर में, शहर में साँस लेना चाहता हूँ। यहाँ दम घुटने लगा है।''

सुनकर रंजीत के पिता बोल पड़े-

''हाँ! अखबार में पढ़ा था कि बनारस विश्व के शीर्ष दस वायु प्रदूषण वाले शहर में शामिल है।''

रंजीत- ''हम्म, आ रहा हूँ कल दोपहर तक।''

सहसा किसी ट्रेन के आने की उद्घोषणा से तन्द्रा टूटी। ये ट्रेन रंजीत की ही थी। उद्घोषणा की समाप्ति के साथ ही ''जोदि तोर दक शुने केऊ ना ऐसे तबे एकला चलो रे'' के बोल ने रंजीत को सम्बल दिया। ट्रेन आ चुकी थी और बोगी भी सामने ही लगी थी। बर्थ पर बैठकर निहारा जी भरकर स्टेशन और थोड़ी देर में ट्रेन आगे की ओर सरकी तो वाराणसी जंक्शन का बोर्ड पीछे छूटने लगा। बोगी में कोई चिल्ला रहा था ''साला बनारसी ठग निकली लौंडिया, सब ले गई।''

९

अननोन मैसेंजर

शादी वाले घर में वृंदा सुबह से ही साज-संवार संग उबटन और न जाने क्या-क्या सोलहों श्रृंगार में डूबी हुई थी। बात-बात पर शीशे को निहारती और खुद की खूबसूरती पर इतरा उठती। आज वश में नहीं था मन, तलब बस पिया मिलन की लगी हुई थी।

शिवपुर लॉन में जाऊँगी तो कैसी लगूँगी?

सोचते हुए उसने एक झटके में कई सेल्फी ली और फटाफट फेसबुक पर अपलोड करने में जुड़ गई। सहसा उसकी नजर मैसेंजर नोटिफिकेशन पर गया। वहाँ लम्बा-चौड़ा सन्देश उसी को सम्बोधित था। नाम अननोन लिखा था और प्रोफाइल फोटो नदारद थी। शायद, पोस्ट करने वाले ने लिखकर उसे ब्लॉक कर दिया था। कमरे के कोने में बैठकर सन्देश पढ़ने लगी-

प्रिय वृंदा,

''सदा खुश और अखंड सुहागन रहो। इसलिए खुश रहो कि कभी तुमने मेरी खुशी चाही थी। अखंड सुहागन इसलिए रहो क्योंकि तुमने मुझे खण्ड-खण्ड बीते छह महीने में कर रखा है। बिना मेरे परिचय बताए समझ तो गई ही होगी कि कौन हूँ? फेसबुक और व्हाट्सएप से ब्लॉक कर रिश्ता खत्म करना और फिर अचानक से मुझे तन्हा कर जाना। सात बरस से मेरी थीं तुम्हीं न कहती थीं सात जन्म तक रिश्ता रहेगा, अब सात माह बाद मुझे पता चला कि तुम्हारी शादी आज की रात ही है।

खुश बहुत लग रही हो मुझसे दूर रहकर। व्हाट्सएप पर ब्लॉक करने से पहले ये भी सोचती कि मेरे पास और भी नम्बर थे जो सिर्फ तुमसे बात करने के लिए रखा था। वहाँ से तुम ब्लॉक करना भूल गई थीं। तुम्हारी प्रोफाइल, डीपी और मुझसे बिछड़कर तुम्हारी खुशियाँ सब कुछ देख और महसूस करता रहा। फेसबुक पर तुम्हारे कहने से तीन फर्जी आईडी बनायी थी जिसे तुम ब्लॉक नहीं कर पाई। मतलब छद्म रिश्ते कायम रहे और असल रिश्ते की तुमने पर्देदारी कर दी। मगर एक सच यह भी है कि छद्म रिश्तों ने सिखाया कि सच्चाई वाले रिश्ते असल में छलावा मात्र हैं।

मुझसे दूर होने का फैसला तुम्हारा था और मुझे सात साल इंतजार कराने का भी फैसला तुम्हारा था। ...और अचानक हर कहीं से ब्लॉक करने का भी फैसला तुम्हारा था। घर से तुमको लेकर बहस करना, घर छोड़ने तक की स्थिति झेली मगर सच बोलूँ तो आज बेघर हुआ हूँ।

तुम्हारी फेसबुक प्रोफाइल में तुम्हारे उनके रिश्ते गर्मजोशी वाले क्या मैं नहीं समझ सका था? मगर रिश्तों में लिबर्टी मेरा स्वैग था जिसे तुम भी पसंद करती थी। कभी तुमसे कुछ नहीं माँगा था। प्यार और तकलीफ में हमदर्दी के कुछ शब्दों में मानो दुनिया पा ली थी। तुम मुझे इंतजार कराती रही... अगले साल... फिर अगले साल... और फिर अगले साल। इस तरह सात बरस इंतजार के काटे और जिसे तुम नसीब हो रही हो वह सात महीने में नसीब वाला बन गया। खैर... तुम्हारे हर फैसले में था तो यह फैसला भी कुबूल है। बस पछतावा वक्त गँवाने भर का बचा है।

तुम क्यों बदली? नहीं पूछूँगा, तुम्हारे पास भी बेहतर जिंदगी जीने का

हक है। तुम्हारी सोशल मीडिया पर इंकलाबी बातें, औरतों के हक, जस्टिस, संविधान बचाने, सड़क पर उतरने की जीवटता समाज के लिए बिगड़ी या हाथ से निकल चुकी लौंडिया वाली थी। तुम्हीं कहती थी इंकलाबी लड़कियों को पुरुष समाज नहीं हजम कर सकता। आज तुम्हारी शादी से पहले फेसबुक की सडनली बदली हुई टाइटल जब देखी तो ''इंकलाब'' शब्द किसी कोठे का दल्ला सरीखा लगा। लड़कियाँ सब तुम जैसी नहीं होती होंगी मगर तुम जैसी न ही हों तो बेहतर। मुझे कल की तरह आज भी नहीं पसंद कि लड़कियों के चेहरे तेजाब से जले हों या शादी में घुसकर कोई दूल्हा-दुल्हन को गोलियों से छलनी कर दे। मगर, यकीन मानो यह भाव मेरे मन में भी आया। हमेशा की तरह आज भी झूठ नहीं बोलूँगा। तेजाब फेंकने और गोली मारने की हिम्मत मुझमें भी है। मगर... जाओ बे सोच लूँगा लौंडिया साली होती ही हैं ऐसी ही। सेज किसी और संग सजाती हैं और पार्क में रौनक किसी और की बनती हैं।

तुम्हें याद होगा कोठे से जिस्मफरोशी का धंधा उजागर हुआ था पता है उस कॉलोनी में सात-साल से चल रहा था। अपना भी तो रिश्ता सात ही साल चला? है ना... मगर जानती हो वो कोठेवालियाँ जमीर वाली होती हैं। पेशा करती हैं और समय की कदर भी करती हैं। जाओ बे, तुम तो उन कोठेवालियों से भी गई गुजरी निकली।

...और हाँ मेरी सारी फर्जी फेसबुक प्रोफाइल से आज से तुम्हारी निगरानी खत्म। सारे नम्बर से तुम्हारी व्हाट्सएप डीपी नहीं देखनी। जाओ जी लो जिंदगी, कभी जिंदगी में नाकाम होना तो याद करना सात बरस में इश्क़ का ब्याज बकाया है।

तुम्हारा एक्स

मैसेंजर का हर शब्द आज वृंदा की खूबसूरती और मेकप को आँखों से अनवरत झरते आँसुओं से उतारता चला गया। खीज कर उसने फूलों को मरोड़ दिया जो कमरे के कोने में सुबह ही मालन सजा कर गई थी।

वृंदा सोचती रह गई कि वाकई जिसने कभी उससे प्रेम जताने और हर

दुख में साथ देने के अलावा कुछ नहीं किया उसे नया रिश्ता बनते ही हर कहीं से ब्लॉक करके वो ब्रेकप डायरी भी जला कर तसल्ली में डूबी थी। शायद अहसास से परे कि डिजिटल दुनिया की अनन्त सीमाओं में ताका झाँकी नामुमकिन नहीं है। सहसा आँगन में ढोल बजने और नाचने-गाने की आवाज और तेज हो गई।

''अरे वृंदा रो रही हो?''

माँ ने बेटी के आँसू पोछे और यह सोचने लगी कि बेटी ससुराल जाएगी सुबह इसलिए रो रही है।

वृंदा - ''माँ, जाओ थोड़ा मन हल्का करना चाह रही थी अकेले में।''

''ठीक है बेटा कहकर माँ कमरे से दूसरे कामों में निकल गई चिल्लाते हुए कि बारात आने वाली है, जल्दी करो।''

वृंदा ने कमरा बंद कर गहरी साँस ली। अब उसे मैरिज लॉन-स्टेज नहीं अभिनव का चेहरा याद आने लगा। उसकी दुवाएँ कम और बद्दुआएँ अधिक बोझ साबित हो रही थीं। पानी पीना चाह रही थी हलक सूख रहा था उधर आँगन से बन्ना-बन्नी के गाने तेज हो रहे थे। इधर वृंदा ने सारे जगहों से अभिनव को अनब्लॉक कर सन्देश लिखा।

अभिनव,

''तुम्हारे होने से मैं थी, तुम्हारे बाद दूसरी बन चुकी थी। लड़की होने का दर्द तुम मर्द आजतक नहीं समझ सके। कुछ तो मजबूरियाँ रही होंगी, यूँ ही मैं बेवफा नही हुई। मजबूरियाँ तुमसे कभी साझा नहीं करूँगी। मैं जा रही हूँ सात जन्मों का हिसाब देने। ताकि तुम या तुम्हारे जैसे धोखा खाये लड़के कभी किसी लड़की को शादी में न तो गोली मारें और न ही तेजाब फेंके। मेरा जाना अब जरूरी है, पहले विदा होना चाहती थी मगर फैसला कई वृंदाओं का है लिहाजा अब अलविदा हो रही हूँ। जहाँ रहो खुश और आबाद रहना।''

तुम्हारी और सिर्फ तुम्हारी

वृंदा

उधर बारात पहुँच चुकी थी, परिजन स्वागत सत्कार में लगे हुए थे। इधर घर मे आफत आई हुई थी।

''वृंदा, वृंदा खोल न दरवाजा। बारात आ गई।''

माँ गम्भीर चिंता में डूबी थी और दरवाजा किसी तरह तोड़कर खुला तो वृंदा अलविदा हो चुकी थी।

इधर अभिनव अपनी मोबाइल में कैद वृंदा की यादें और बातें गंगा में विसर्जित कर लौट रहा था।

10

भक्तिन

काशी में अघोर पीठ का यह आश्रम वैसे तो पूर्वांचल का सामान्य आश्रम माना जाता है, मगर आस्थावानों की कई पीढ़ियाँ इसकी चौखट पर बिना सिर झुकाए अन्न का एक दाना आज भी नहीं ग्रहण करती हैं। सुबह से ही मठ में गुरु महाराज की मूर्ति की धुलाई/पोंछाई और श्रृंगार का दौर देखकर सामान्य दिन का ही अहसास भक्तों को हो रहा था। मगर, खास यह कि आज सुबह का श्रृंगार भक्तिन आशा देवी की ओर से था। इस मंदिर की यही खासियत है कि किसी भक्त का कोई काम होना हो तो गुरु महराज की प्रतिमा का श्रृंगार करके गुरु केवल दास को समस्या बतानी होती है। सेवादार भी आज हैरान परेशान थे कि गुरु महाराज की कृपा से भक्तिन के घर पर लक्ष्मी बरसती हैं। बरकत ऐसी मानो साक्षात कुबेर उनके हवेली पर निवास करते हों। आखिर क्या हो गया ऐसा जो उनको दरबार से माँगने की आन पड़ी है? जाने मठ के कितने कमरे और कितने मौकों पर लाखों रुपये का दान भक्तिन के पुरखे यहाँ करते आए हैं। गुरु पूर्णिमा पर तो सारे लंगर की व्यवस्था इसी परिवार की होती है। देखते ही देखते पौ फटते गुरु

महाराज की प्रतिमा का श्रृंगार पूरा होते ही भक्तिन जा बैठी गुरु केवल दास के आसन के सामने और साष्टांग दंडवत होकर बोली –

''प्रणाम गुरु महाराज''

''खुश रहो भक्तिन, बताओ ऐसा क्या काम आन पड़ा जो सबेरे-सबेरे संदेशा श्रृंगार का भिजवा दी?''

''गुरु महाराज, आप भक्तिन का कष्ट नहीं समझ सकोगे, जब आधी रात को अपनी औलाद जिद पर अड़ जाए कि गरीब और कुजात लौंडिया से ही ब्याह करेगा तो करेजा में अपमान का भाव आ ही जाता है। हर माई का सपना होता है कि उसकी औलाद की शादी माँ-बाप की सहमति से हो। दस साल का था जब उसके सिर से बाप का साया उठ गया। तबसे उसे पढ़ाकर पैरों पर खड़ा करने में माँ और बाप दोनों की भूमिका निभानी पड़ी है।''

''कल रात शराब पीकर आया और उस कुजात लौंडिया के लिए मुझसे लड़ा। गाली-गलौज तक कर डाली उसने अपनी माँ से।''

''हम्म, तो ये बात है भक्तिन!'' (गुरु महाराज चिंता में डूब गए)

''हाँ यही चिंता खाये जा रही है कि वो उस कुल्टा को घर ले आया तो मेरा क्या होगा?''

(सोचने के बाद) ''देखो भक्तिन, एक रास्ता ये है कि उसे बहू बना लो। बेटे की जिद है।''

''ना... ना हरगिज नहीं गुरु महाराज, ऐसा किसी कीमत पर नहीं होना चाहिए। परिवार की मर्यादा, परम्परा और सम्मान का भी तो सवाल है।''

''हम्म, तो भक्तिन उस लड़की को अलग करना होगा।''

''जी गुरु महाराज।''

''जाओ भक्तिन समझो गुरु महाराज ने तुम्हारी चिंता हर ली है। ...और हाँ बेटे के सामने खुशी-खुशी ही चेहरा दिखाना। मरघट पर तो

कुछ और ही अब नजर आएगा।''

''जी गुरु महाराज''

भक्तिन आशा देवी दण्डवत प्रणाम करके तेज कदमों से सूरज उगने से पहले ही घर पहुँचने को आतुर नजर आ रही थी। खुशी भी थी और चिंता भी कि आखिर कब उस चुड़ैल से बेटे का साया मुक्त हो सकेगा?

उस शाम अस्सी घाट के पार अभिज्ञान और अपर्णा रेत पर नंगे पाँव चलते और अपने ख्वाबों की नई सुबह की बातों में इतने मशगूल हो गए कि कब शाम की बेला भी निकल गई पता ही नहीं चला। उस पार लाने वाला नाविक भी बुलाने आन पड़ा कि-

''अब वापस हो जाओ रात होने वाली है।''

अपर्णा - ''गंगा आरती तो हो जाने दो इस पार से देखने मे कितना अच्छा लग रहा है।''

अभिज्ञान - ''हाँ, देखो तो गंगा आरती कितना सुखद लग रहा है। देर ज्यादा हो रही है तो सौ रुपये ज्यादा ले लेना।''

नाविक भी युगल की जिद के आगे हारकर उस पार रेती में प्रेमालाप की खेती को छोड़कर गंगा आरती दिखाने नई सवारी की तलाश में शीतला घाट का रुख कर गया।

उधर गंगा उस पार रेती में इक्का-दुक्का उस पार के ही लोग और यह प्रेमी युगल ही बसन्त की इस शाम की हवा का लुत्फ लेता नजर आ रहा था। पास ही खेतों में निगरानी के लिए बनी झोपड़ी में दोनों प्रेम की पींगे बढाने को बढ़ चले तो झींगुरों की झाँय-झाँय इस बसन्त की रात को रूमानी कम और भयावह अधिक बना रही थी। झोपड़ी घाट से बमुश्किल 500 मीटर की दूरी पर एकांत में थी। सहसा झोपड़ी में प्रवेश करने से पहले ही सात-आठ लोगों ने दोनों को घेर लिया।

एक - ''क्या बे लौंडिया को लेकर यहाँ क्या करने आया था बे?''

दूसरा- ''चुम्मा-चाटी करने का विचार था क्या?''

तीसरा - ''ऊ तो हम लोग भी कर सकते हैं।''

और सब ठठाकर हँस पड़े।

अभिज्ञान के पीछे छिपने की नाकाम कोशिश करती अपर्णा की कलाई कब दो, चार के हाथ में आ गई पता ही नहीं चला। अभिज्ञान को पीटकर गमछे से बाँधकर मुँह बन्द कर दिया और खेतों की ओर अपर्णा का जिस्म हवस के हवाले हो गया।

सुबह बेदम और बेहोश अभिज्ञान और अपर्णा की लाश गंगा के किनारे लहरों पर डूबती-उतराती नजर आई। वो जो लहरों पर अठखेलियाँ कर इठलाती थी वो अब बेजान सी गंगा के किनारे सैकड़ों की भीड़ के बीच लाश बन चुकी थी।

...उधर भक्तिन ने गुरु महाराज आश्रम में मनौती का उपहार भेजकर मानों धर्म नगरी में मोक्ष पा लिया था।

11

गायघाट से गया घाट

गायघाट क्षेत्र के डॉक्टर रत्नेश राय सिंह पूर्वांचल के बड़े मनोचिकित्सक थे, मगर आज माथापच्ची कर रहे थे उस मरीज से जो उनके लिए चुनौती बना हुआ था। महीने भर से विप्लव नाम का वह मरीज नहीं सोया था और जो खुद उनका ही बेटा था। डायग्नोस खुद किया था मगर पिता का मन जवान और रिसर्च कर रहे बेटे के साथ कुछ गड़बड़ था जो वह पकड़ नहीं पा रहे थे। टूटे मनोबल के साथ अचानक छल-छलाकर उसके आँसू बह पड़ते और पिता के कंधे भीग जाते।

''विप्लव, विप्लव! व्हाट हैपन बेटा कुछ तो बता रो क्यों रहा है?''

विप्लव की आँखें बस-बरबस बरसती जातीं और थककर चूर हो जातीं।

विप्लव- ''डैडी नींद की गोली दे दो, सोना है मुझको।''

ना चाहते हुए भी बेटे को सुला-सुलाकर इलाज उनके वश से बाहर हो

जा रहा था। कुछ तो था जिसने विप्लव को तोड़कर रख दिया था। एक ओर कोरोना काल का लॉकडाउन तो दूसरी ओर विप्लव की हर वक्त बहती आँखें मानो महामारी को अपने सैलाब में बहा ले जाने को बेताब हो।

सहसा एक दिन...

गर्मियों के आखिरी दिनों की उस रात अचानक विप्लव के कमरे की जलती बत्तियाँ देख डॉ. रत्नेश तेज कदमों में उधर बढ़ चले।

"अरे बेटा! क्या हुआ? ये बैग क्यों पैक कर रहे हो, इस कोरोना काल में कहाँ जाने की तैयारी है?"

कुछ नहीं डैडी, बस कल तक आ जाऊँगा, गया जाना है मेरा वो बिहार वाला दोस्त अंगद है ना, उसी के पास जा रहा हूँ। जल्दी ही शाम या रात तक आ जाऊँगा।"

"ओके, मगर बेटा गाड़ी सँभालकर चलाना और कहो तो कोई ड्राइवर अरेंज कर दूँ?"

"नहीं डैडी अंगद गाड़ी लेकर आ रहा है, उसी की गाड़ी से निकलना है। सुबह के तीन बजे हैं और चार बजे तक हम लोग निकल जाएँगे।"

"ओके, चलो बेटा अच्छा है कोरोना काल के लॉक डाउन के बाद अनलॉक तुम्हारे लिए यकीनन लकी साबित होगा। घूमोगे-फिरोगे तो मन भी डाइवर्ट होगा।"

"हम्म, डैडी आपको क्या लगता है? मैं मेंटल हो गया हूँ?"

"उन्ह, कतई नहीं। जीवन के उतार-चढ़ाव से हर कोई गुजरता है। उसके भाव चेहरे पर, पलकों पर आ जाना स्वाभाविक है। मानवीय संवेदना इसे कहते हैं, मनोरोग नहीं।"

"थैंक्स डैडी, भरोसा था कम से कम आप तो मुझे समझेंगे।"

(उधर अंगद की कार दरवाजे पर आकर दो बार हॉर्न मार चुकी थी।)

अंगद - "चल जल्दी यार टाइम से पहुँचना भी है, सब बैग पैक कर

लिए ना?''

''हम्म, सब कुछ है।''

उधर डॉक्टर रत्नेश बेटे को आज सुबह के उजाले से पहले मुद्दत बाद मुस्कुराते देख रहे थे। उधर अंगद ने गियर डाल कर गायघाट से गया घाट तक का सफर शुरू कर दिया। रास्ते भर विप्लव की खामोशी को बखूबी समझने वाले अंगद ने एक दोस्त की तरह कंधे पर चलती कार में हाथ रखा तो वह फफक पड़ा।

अंगद- ''देख दोस्त रोना नहीं, तेरे को मजबूत देखता आया हूँ। शिवरात्रि नहीं वो काल की रात्रि थी भूल जा। लैंडिया आती-जाती रहेंगी तेरे आँसू उस शिवांगी की बच्ची से कहीं कीमती हैं।''

कोरोना काल में लॉक डाउन के बाद अनलॉक की शुरुआत के बाद भी सड़कों पर मातमी सन्नाटा बरकरार था। देखते ही देखते मुगलसराय और बिहार सीमा में कब आ गए पता ही नहीं चला और गया तक की दूरी कुछ ही घण्टों में तय हो गई।

कार घाट के पास पीपल के नीचे पार्क कर विप्लव नहाने के कपड़े लेकर एक-एक सीढ़ी नीचे उतरता गया।

गया की उस दिन चढ़ने के काम में पंडा की कोरोना काल में उजाड़ चौकी पर बैठकर अपने आने का मकसद विप्लव ने बताया।

''तर्पण करना है मुझे।''

''जरूर यजमान सब हो जाएगा।''

जरूरी वैदिक रीति रिवाजों का पालन कर तर्पण की प्रक्रिया को पूर्ण होते देख अंगद की भी आँखें छलछला आई थीं। वह दो हंसों का जोड़ा कहता था विप्लव और शिवांगी को। अचानक शिवांगी का सबसे दूरी बनाकर शिवरात्रि पर सरकारी नौकरी वाले संग सात फेरे लेना न तो उसे समझ में आया और न ही विप्लव को।

हाँ उसके बाद से ही अंगद अपने अजीज विप्लव के आँखों में आँसुओं का विप्लव कई बार देखा है। होली पर जो शिवांगी के रंगों में रंगा रहता था वह कोरोना का बहाना कर अबीर भी लगाने से मुकर गया। फिर तो कोरोना का तांडव ऐसा शुरू हुआ मानो प्रकृति भी विप्लव पर उतारू हो... और भी न जाने क्या-क्या अंगद की आँखों के सामने फ़िल्म की तरह गुजर गया। उधर घण्टे भर में ही केश विहीन विप्लव अंगद के सामने खड़ा था।

''अरे गंजू बाबा सब हो गया?''

''हाँ, लग रहा है कि अब मुझे भी मोक्ष मिल गया और शिवांगी को भी। एक तर्पण वाकई इश्क़ का जरूरी था।''

''हम्म, चल नाश्ता करके घर चल।''

उधर घर पहुँचकर तर्पण भर की जानकारी के बाद से डॉक्टर रत्नेश रॉय सिंह का पारा उबालें तो मार रहा था मगर सवाल कर पाने में वह पुत्र प्रेम में असफल थे। जाने किसका तर्पण गया में करके आया है जो इतना खुश है।

12

बनारस का आउटर

मरुधर एक्सप्रेस उस शुक्रवार के दिन करीब तीन घण्टे लेट थी। इंतजार की बेचैनी तब शांत हुई जब ट्रेन के आने की अनाउंसमेन्ट हुई। ट्रेन की रफ्तार थमते ही अपनी बोगी तलाशते हुए सीट की ओर कूच किया। बर्थ के ठीक सामने रसियन जोड़ा था जिसने देखते ही पूछ लिया-

"इट्स योर बर्थ?"

हम्म में जवाब देकर अपना पिट्ठू बैग सीट पर रख दिया। ट्रेन का ठहराव महज दो मिनट का था, लिहाजा ट्रेन पल भर में फिर रेंगने लगी। परदेसी मेहमान मोबाइल में व्यस्त था तो कम्पार्टमेंट में एक और यात्री ऊपरी बर्थ पर सुबह की नींद लेने में मस्ती से खर्राटे के साथ जुटा था। सामने परदेसी जोड़े पहले अगल-बगल बैठे थे, वह आलिंगन बद्ध हो गए थे। एक दूसरे के कंधे पर सर रखकर उनका बैठना आने-जाने वालों के लिए असहज स्थिति बना रहा था। हालाँकि उनकी सभ्यता से मेरा भली-भाँति परिचित होने से मेरे लिए कतई असहज वाला नहीं लगा। उन दोनों के

हाथ में मोबाइल था, जिसमे दोनों ही कुछ सर्च कर रहे थे। अचानक युवती ने कई बार मेरी तरफ निगाह करते हटाते, झिझकते, सकुचाते पूछ लिया...

"क्या आपको इंग्लिश आती है?"

अंग्रेजी सामान्य है लिहाजा उनकी मैंने हाँ में ही उत्तर देना मुनासिब समझा। सामान्य परिचय उन्होंने अपना दिया। परदेसी जोड़ा मॉस्को से था मैक्स पति और एना पत्नी। जिसमें मैक्स को अंग्रेजी कम और एना को फर्राटेदार अंग्रेजी में महारत थी। उनकी एक समस्या थी कि ट्रेन में हर चीज ठीक है लेकिन लखनऊ के बाद के स्टेशन मैच नहीं कर रहे। "क्या ये ट्रेन बनारस ही जाएगी?"

"हाँ, यह ट्रेन बनारस ही जाएगी, भरोसा रखिये मुझे भी बनारस ही जाना है।"

मगर उनके हाथ में ट्रेन की रूट का जो चार्ट था वह सुल्तानपुर रूट का था। जो इलेक्ट्रिक रूट है और यह रूट डीजल इंजन का रूट है जहाँ से होकर सप्ताह में तीन दिन यह ट्रेन गुजरती है। मैक्स के कई सवाल रसियन में एना ने मुझसे पूँछे। उन्होंने बताया कि रास्ते भर अंग्रेजी बोलने वाले नहीं मिले उनको लिहाजा मिलकर वो खुश थे। भारत में ट्रेनों की स्पीड से लेकर यहाँ की लाइफ स्टाइल से लेकर किन्नर तक, झिझकिये मत कड़ी यहीं जुड़ती है।

अयोध्या में किन्नरों की टोली बोगी में आ गई ताली पीटते हुए...

"लावा भैया, लावा बाबू..." करतल ध्वनि से गूँजती बोगी में मैंने भी पर्स से दस का नोट दान कर अयोध्या नगरी में मौसी लोगों से राम-राम किया।

किन्नरों की टोली ने मैक्स और एना से भी अपेक्षा की। "मनी-मनी...?"

परदेसी पति-पत्नी के लिए यह अजीब बर्ताव अनापेक्षित था। मोर्चा आखिरकार सँभालना पड़ा-

''परदेसी हैं मौसी, परिचय नहीं हुआ है।

सुन्नर-मुन्नर परदेसी जोड़े को देख तब तक दो किन्नर उसी सीट पर ही चौका जमा लिए थे।

''एना ने पूछा ये कौन लोग और क्या चाहते हैं?''

ट्रांसजेंडर के बारे में बताया और उनकी अपेक्षाओं से भी अवगत कराया... एना जो कि मॉस्को में समाज शास्त्र से जुड़ी थीं उनका मुझसे ही सवाल था। ''आप तो पढ़े-लिखे हैं धन के बदले आशीर्वाद को पवित्र मानते हैं?''

सवाल वाजिब था। हालाँकि किसी को कुछ देना मदद सरीखा है। वह भी तब जबकि देश मे ट्रांसजेंडर की स्थिति सबसे बदतर है। सीट पर बैठे दोनों किन्नर हमारे अंग्रेजी की बतकही का बस मजमून ही भाँप सके। एना अब किन्नरों से मुखातिब थी। मगर किन्नरों को अंग्रेजी न आने से तर्जुमा दोनों के बीच करना पड़ा।

इसी बीच एक किन्नर ने एना से मैक्स के बारे में पूछा तो एना ने बतौर पति परिचय दिया।

मगर दूसरी किन्नर ने झट से एना को टेंशन दे दिया- ''जे तुम्हार काहे हमारे पति हैं।''

इस बात पर बरबस मेरी हँसी छूट गई... तब तक अगला स्टेशन आया और दोनों किन्नर उतर गए।

एना ने मैक्स के कहने पर हँसने की वजह पूँछी और जानना चाहा कि उसने मैक्स को अपना पति क्यों कहा? इस सवाल से पूर्व एना को काफी तनाव में बोगी में टहलते भी गौर किया था।

जवाब स्पष्ट था कि वो मजाक कर रहे थे, हालाँकि एना जवाब चाहती थी कि क्या उसके पति उन लोगों जैसे लगे जो उसने अपना पति कहा? यह प्रश्न यकीनन भारतीय स्त्रियों की ही भाँति यक्ष प्रश्न था। फिर देश में किन्नर अखाड़ा, रामराज्य से लेकर उनकी सामाजिक स्थिति के बारे में चर्चा

करनी पड़ी। एना ओके-ओके करती रही, मैक्स इस चिंतन से बेखबर झपकी में व्यस्त रहे। एना ने मोबाइल पर किन्नर एंड इंडिया सर्च किया और सगर्व बताया -

"ओह यू आर राइट, दे आल्सो नॉन एज हिजरा।"

एक लघु खामोशी के बाद एना ने अपने मुल्क में ट्रांसजेंडर की सामाजिक स्थिति बयाँ की तो मुझे अपने देश की दुर्गति पर शर्मिंदगी सी आने लगी। चिंतन बलिया के ददरी मेला से फिर उपजा "भारत वर्षोन्नति कैसे हो सकती है?" भारतेंदु का चिंतन उभरा और तमाम ख्यालों के बीच खिड़की से गुजरते, भागते, दौड़ते खेत-खलिहान पेड़।

इस बीच सांस्कृतिक संवाद हुए तो रसियन शब्द 'दा' और 'नियत' जानने की वजह भी उनकी जिज्ञासा बनी। "सर पे लाल टोपी रूसी" भी वो बताना नहीं भूले कि रूस में लाल टोपी जैसा कोई चर्चित रिवाज उनके संज्ञान में नहीं। मोबाइल पर उन्होंने "मेरा नाम जोकर" का वीडियो देखा और उसे अपनी डायरी में नोट भी किया। भारत रूस के सम्बन्धों पर चर्चा हुई तो उन्होंने आभार पर शुक्रिया जताने का कोई भी मौका नहीं छोड़ा।

इसी बीच अगला स्टेशन

जौनपुर... जहाँ एक लड़के ने बोगी में दाखिला लिया और मेरी सीट पर बैठ गया। रिजर्वेशन बोगी में आने वाला मैला कुचैला कपड़े पहने 20-22 साल का गँवई युवा था।

परदेसी को देखकर उसके भीतर का उत्साह बल्लियों उछल रहा था। उत्साह में कई बार उसने सवाल उछाला- "नमवा... योर नमवा...?"

एना के लिए वह शॉकिंग तो मैक्स के लिए एब्सर्ड पर्सन। ...और इधर के लिए हालाँकि एक सब्जेक्ट।

छूटते ही सवाल दाग दिए।

"मैं- कहाँ से आवत हया जवान?"

''भाय बनरसे जायके बाय, टिरेनिया मुश्किल से पकड़ि पाएन। वैसे यय दुइनो कौने देसे से हुवैं?''

''रूस''

एना ने मुखातिब होकर पूछा ये युवक इतना इंटरेस्ट क्यों ले रहा। मुझे स्पष्ट करना पड़ा कि यह सहज जिज्ञासु है। हालाँकि उस जौनपुरिया युवक का इंटरेस्ट एना में ही था। हारकर एना ने उसे अपना नाम बताया। बोगी में घुस आए उस अनचाहे मेहमान को बोला कि अब मैक्स से भी नाम पूछ ले। यकीन नहीं मानेंगे आप, वो कितना इनोसेंट इंडियन निकला बन्दा?

झट से पूछ बैठा- ''मैक्स व्हाट तोहार नमवा?''

हँसी बड़ी मुश्किल से कंट्रोल किया। तब तक बनारस का ''बदनाम'' आउटर आ चुका था। हमने बनारस में एक दूसरे को अलविदा कहा, शुभकामनाएँ दीं। हालाँकि इस दौरान अनचाहे युवक ने एना और मैक्स के बैग उठाने में मदद भी की। ...और चलते-चलते बोला- ''भवानी परय जाय कुंतल भर कै बोझ लै के चलत कैसे हैं यय गोरट्य।''

सहसा मुड़कर पूछ बैठा...

''भैया फुरै बताओ ''आई लव यू'' बोली तौ ई कुछू समझे?''

13

बनारस से लखनऊ

'अमन यादव...'

''हाँ, नाम मुसलमान सा फील करना हो तो यादव हटा सकती हो।''

नीलोफर हँस पड़ी थी, अमन का यह जवाब सुनकर।

वैसे तो बनारस में कई विश्वविद्यालय हैं जहाँ देश भर से लोग पढ़ने-लिखने आते हैं। मगर अमन ग्रेजुएशन के बाद लखनऊ यूनिवर्सिटी से एमबीए करने आया तो उसे शिया नीलोफर पसन्द आ गई जो पुराने लखनऊ के शिया नवाब खानदान की एक हवेली की राजकुमारी सी थी। सफेद हिज़ाब में उसका चेहरा मानो सफेद सूरजमुखी सा नज़र आता था। कब दोनों में इश्क़ परवान चढ़ने लगा पता ही नहीं चला। कब फोन पर क्लास की बातें क्लासी लव स्टोरीज की बातों में बदल गईं पता ही नहीं चला।

एक दिन फोन पर

''हद है यार, तुम हमेशा मिलने का वादा कर लेती हो और ऐन टाइम पर तुम्हारा वादा टूट जाता है।''

''समझा करो न! अम्मी, अब्बू और भाई सब हैं ऊपर से मेहमान अचानक आ गये। किसको क्या बताके आऊँ?''

''महीनों बीत जाते हैं मिले हुए यार कुछ तो तुम अपनी जिम्मेदारी लिया करो न।''

''समझती हूँ यार मगर, घर में झूठ बोलूँ वो भी तुमसे मिलने के लिए काफी ऑड लगता है।''

''अब कल को ये भी बोल देना कि मैं भी ऑड लगने लगा हूँ।''

''हो गये न गुस्सा?''

''मैं क्यों होने लगा गुस्सा?... और किस हक से गुस्सा करूँ?''

''ओके! मैं अभी आ जाऊँ तो क्या करोगे? बस घूमना-फिरना कुछ खाए पिए और चल दिए।

''आ जाओ भाग चलते हैं!''

''कहाँ लेकर जाओगे मुझे?''

''जहाँ जाना चाहो।''

''मुझे घर ही आना हो तो?''

''तो रहो न घर पर, मैंने रोका है क्या?''

''इतने समझदार होकर जो तुम जिद पे अड़ जाते हो न वही मुझे तकलीफ देता है।''

''पिछले आधा दर्जन बार तुमने मिलने का वादा करके लास्ट टाइम प्रोग्राम रद किया है। क्लास, घर और न जाने कितने चीजों को अवॉयड करना होता है।''

''बस यही न?''

''हम्म, हॉप कि इससे आगे की दुश्वारियाँ तुमको न झेलनी पड़ें।''

''जब इतनी चिंता है तो जिद कैसी? कह रही हूँ न फुर्सत होगी तो जरुर मिलूँगी। आखिरकार तुम हफ्ते में एक बार आते हो न घर से शहर, तो किसी दिन जरुर मिल लेंगे।''

''क्या जिन्दगी भर के लिए मिलने वाला दिन नहीं आएगा?''

''हर चौखट की अपनी मर्यादा होती है। ये लखनऊ है मेरी जान, तहजीब है, मगर चौखट पार करते ही हमें दायरे भी समझने पड़ते हैं। इतने आधुनिक नहीं हुए हैं हम कि घर पे बोल दें बॉय फ्रेंड से मिलने जा रहे हैं।''

''ये तुम्हारे चौखट को बनाने वाला मिस्त्री मिलेगा कहाँ?''

''आँगन में अखबार पढ़ रहे हैं।''

''उनसे बोलना कि बेटी के लिए चौखट का दायरा थोडा बड़ा कर दें ताकि उसमें दूसरे की भी गुँजाइश बन सके।''

''है तो गुँजाइश! खोज तो रहे हैं लायकदार दामाद।''

''ये जो तुम्हारी चौखट है न उसमे दीमक लग जाएँ तभी मिस्त्री को समझ आएगा।''

''ए! अब तुम अब्बू की बेज्जती कर रहे हो।''

''अमाँ! चौखट चोरी हो जाए वो ठीक, नई की गुँजाइश तो बने ताकि तुम भी पार करो तो मिस्त्री को आपत्ति न हो।''

''मिस्त्री आरी चलाएँगे गर्दन पे तो सारा ज्ञान भूल जाओगे।''

''च्च, डरा किसे रही हो?''

''चौखट के दुश्मन को।''

''तुम लड़कियाँ किस मिट्टी की बनी होती हो यार?''

''...लड़कियाँ? कितना अनुभव है लड़कियों का?''

''लगता है आज चौखट में बझ कर गिरना ही पड़ेगा।''

''देखना चोट न लग जाए।''

''अपने इश्क़ में और कितना गिराओगी?''

''उठो चाय नाश्ता करो, अगले हफ्ते जरुर मिलूँगी।''

''उन्ह, मैं नहीं मिलूँगा!''

''क्यों?''

''अपनी चौखट मजबूत करना है मुझे भी।''

''काश कि हर लड़का लड़कियों की ही तरह चौखट की मर्यादा समझ जाता।''

''उफ्फ तुम और तुम्हारी सोच...''

''शुक्र मनाओ कि चौखट की मर्यादा में हूँ, वरना दीमकों की कमी कहाँ लड़कियों के लिए।''

''पागल, झल्ली कहीं की। जब देखो सेंटी हो जाती हो।''

''तुम सवाल ही ऐसे खड़े कर देते हो।''

''ओके सॉरी... कान पकड़ लूँ।''

''उन्ह, इससे काम नहीं चलने वाला। उठक-बैठक भी करना पड़ेगा।''

''ओ माँ...''

नीलोफर की बात खत्म होते ही खिड़की के करीब फोन पर उसकी बातें सुन रही अम्मी हमीदन को लगा मानो नवाब साहब की हवेली की इज्जत अभी दहलीज़ के भीतर ही है। ...मन ही मन जाने क्या बुदबुदाते हुए नवाब साहब से आँगन में जाते ही बरस पड़ी।

''शौकत भाई को कब जवाब देंगे? अफजल जैसे लड़के का रिश्ता रोज रोज चौखट पर नहीं आता। नवाव साहब की इज्जत के बराबर का रिश्ता रोज नहीं आएगा। मलेशिया में खूब कमा रहा है अफजल, नीलोफर

के साथ जोड़ी खूब फबेगी। अब तो नीलोफर का लास्ट सेमेस्टर चल रहा है।''

नवाब साहब अखबार की सिलवटें सहेजते हुए - ''हम्म, शाम को बात करता हूँ शौकत भाई से। नीलोफर भी जानती है उसको... कोई दिक्कत नहीं होगी।''

''उधर, आँगन में यह सब बातें सुनकर नीलोफर की आँखों से मानो स्वाति नक्षत्र की कुछ बूँदें छलछला आई थीं जिसे उसने दुपट्टे से सहेजते सुखाते हुए काँपते हाथों से अब्बू को चाय देकर सीधे कमरे में जा पहुँची।

कभी नवाब खानदान के छोटे बेटे की हवेली में खूब रौनक रहती थी। शत्रु सम्पत्ति के नाम पर सब गँवा चुके नवाब सिर्फ नाम के थे। एक दो दुकानें ही बस लखनऊ के पुराने हिस्से में नवाब साहब की आमदनी का जरिया थी। नीलोफर को याद आता है कि बचपन में ही शायद इस हवेली में चूने की पोताई हुई थी। उधर, अमन के बनारस में उस पॉश रविन्द्रपुरी मोहल्ले में घर में हर दूसरे साल रँगाई होती है। दो माले के घर का अमन इकलौता चिराग है। पिता की खेती और ऊपर से रेल कारखाने की नौकरी से आने वाली हर महीने की आमदनी ने अमन को रईसी की चाशनी से तर कर रखा है। जाने अफजल जैसा मरियल और सिर्फ बाहर ही रहने वाला उसे खुश रख भी पायेगा कि नहीं?

तमाम सोच-विचार के साथ नीलोफर की मधुबनी चित्रकलाओं सरीखी उँगलियाँ मोबाइल पर टाइपिंग में बिजी हो गईं।

''अमन, मुझे भगा ले चलो इस दोजख से।''

उधर अमन ने मैसेज सीन तो किया, बस टाइप नहीं कर सका कि ''मुसलमानी बहू नहीं रखेंगे उसके बाप...।''

नीलोफर का इंतजार उधर शाम की परछाई की तरह लम्बा होता चला गया। उस घुटन की तरह जो हिज़ाब की कैद में मानो रहने की विवशता ही बन गई हो। उस हिजाब के नसीब में शायद घूँघट इस जन्म में था भी नहीं।

14

कैफियात एक्सप्रेस

न्यूज़ एडिटर- ''अरूप सुनो न्यूज़ फाइल करके चैम्बर में आना कुछ जरुरी न्यूज़ प्लान पर डिसकस करना था।''

अरूप - ''ओके सर, बस बीस मिनट में पैकेज कटवा कर आता हूँ।''

(बॉस ने चैम्बर में कभी अकेले मीटिंग नहीं ली थी सम्भव था कि अरूप के लिए कोई स्पेशल स्टोरी ही हो, या कहीं कुछ और तो नहीं... इसी उधेड़बुन में अपनी न्यूज़ वीडियो एडिटर के पास फाइल कर वह एडिटर रूम में दाखिल हुआ)

अरूप - ''हाँ सर, क्या न्यूज़ प्लान था?''

न्यूज़ एडिटर- ''आराम से बैठ जाओ और सुनो क्यों मैं तुम्हें अकेले बुलाया हूँ। दरअसल उत्तर प्रदेश में कुछ ह्यूमन ट्रैफिकिंग का प्रकरण संज्ञान में आया है बिहार और बंगाल की लड़कियाँ सेक्स वर्कर बनाई गयी

हैं। जिसमे नेताओं की भी मिली भगत है, यह सारे अड्डे पूर्वांचल में ज्यादा हैं। मुगलसराय, इलाहाबाद, आजमगढ़, बनारस यहाँ लड़कियाँ खपाई जा रही हैं, एक महिला डॉ हैं आजमगढ़ में जो ऐसे ही एरिया में हेल्थ मैटर पर काम कर रही हैं उन लड़कियों के बीच। वो तुम्हारी मदद करेंगी... क्या तुम रिस्क लेना चाहोगे?''

अरूप- ''इसमें रिस्क क्या लेना सर, थोड़ा टाइम टेकिंग है मगर कंटेंट पूरा मिल जायेगा बस लोकल सपोर्ट मिले तो...''

न्यूज़ एडिटर- ''रिस्क यह है कि सत्ता पक्ष के नेता का हाथ है, लोकल पुलिस और बदमाश भी संरक्षण में हैं। खैर तुम्हारा बैकप लोकल स्ट्रिंगर रहेगा, जहाँ रिस्क ज्यादा लगे तो निकल लो चुपचाप। स्टोर से लैपटॉप, हिडेन कैमरा दो नया इशू करवा लो, बेहतर क्वालिटी के आये हैं। महीने भर का समय है अकाउंट से पैसे भी मैं बोल दे रहा हूँ जब जरूरत हो सीधे मुझसे इस न्यूज़ पर टच में रहना। याद रखना कि कहाँ जा रहे हो, क्यों जा रहे हो या तो तुम जानते हो या तो मैं। पहचान तुम्हारी कल सुबह इंटरनेशनल हेल्थ एनजीओ की बन जायेगी और कल शाम को ही कैफियात एक्सप्रेस से तुमको निकलना होगा।''

अरूप- ''श्योर सर, टाइम से आपको पूरी रिपोर्ट मिलेगी मेरा वादा है।''

(सम्पादकीय चेम्बर से निकल कर सवाल भी थे कई अरूप के मन में कि लोकल रिपोर्टर क्यों नहीं कवर कर रहा या मुझे ही क्यों...? खैर इसी उधेड़बुन में रात बीत गयी और खोजी पत्रकारिता की रात भर में नई चुनौतियाँ भी अरूप को रह-रह कर सताती रहीं)

... सुबह ऑफिस से अरूप को नई पहचान एनजीओ हेल्थ वर्कर की मिली और उसे दायित्व संग मिली नई चुनौती भी। ठीक खुफिया अभियान पर निकलने वाले सैनिक की तरह।

देर शाम... नई दिल्ली का सबसे व्यस्त रेलवे स्टेशन जहाँ जाने और आने वालों की अथाह भीड़ एक दूसरे को कोई देखने सुनने वाला नहीं।

चारों तरफ शोर और सबको घर पहुँचने की जल्दी और अरूप को घर वापसी की जल्दी थी।

* * *

(रात में ही नई दिल्ली से चली कैफ़ियात-एक्सप्रेस ट्रेन सुबह के 6 बजे अयोध्या से ठीक पहले स्टेशन पर रुकी तो उनींदे अँखियों में डफली लेकर भजन गाते भगवा चोगा वाले बाबा बोगी में आकर सबको जगा चुके थे।)

''राम-राम बच्चा लोगन उठत जाव अँजोरिया उग आई...।''

एकयात्री- ''बाबा कौन टेशन आयल हौ?''

बाबा- ''फैजाबाद टेशन आय बच्चा उठत जाव सुबेर होई गा...।''

(मानो बाबा जी धर्म नगरी पहुँचने से पहले सबको भजन से राम मय कर सप्तपुरियों में से एक अयोध्या की महिमा ग्रन्थ की भाँति डफली के थाप संग बोल कर कथापान कराने को व्याकुल थे... भजन उनका बोगी के एक सिरे से ट्रेन के फैजाबाद जंक्शन से ट्रेन सरकने से शुरू हुआ...)

''राम हैं विधाता, काम आयेंगे विधाता
दाता को बिसराऊँ और कहाँ पाऊँ रे
राम नामी लेके हजार कोस जाऊँ रे
राम धुन गाऊँ मैं तो राम गुण गाऊँ रे
धन धन अयोध्या, जन जन अयोध्या
बिकूँ माटी मोल, राम के पास जाऊँ रे
राम नामी लेके... राम गुण गाऊँ...
सरजू की धारा पायी श्री राम में किनारा
ऐसी नदिया में तरने को मैं तो नहाऊँ रे
राम नामी लेके... राम गुण गाऊँ...
तीरथ बिसारे हैं, मर्यादा ही एक सहारा
भरम मिटाए राम, करम किये जाऊँ रे
राम नामी लेके... राम गुण गाऊँ...

बूढ़े का सहारा, राम नाम सबसे प्यारा है
भजन उन परभू का गा- गाके सुनाऊँ रे
राम नामी लेके... राम गुण गाऊँ...''

(लगभग 15 मिनट में ही अयोध्या जंक्शन ट्रेन पहुँची तो बाबा का भजन भी डफली की थमती थाप संग खत्म हो चुका था, हल्के कोहरे के बीच सन्नाटे में पसरा अयोध्या जंक्शन मानो धर्म की रेत पर भगवा ध्वजा थामने को व्याकुल भजन गाते बाबा के बोगी से जाने का ही इन्तजार कर रहा था।)

''चाय... चाय गरमा गर्म चाय...

''समोसे गर्म-गरम...''

(सुबह ट्रेन में एक पत्रकार को क्या चाहिए था और?)

अरूप- ''अरे! चायवाले जरा चाय देना...''

चायवाला- -''भैया ठीक से पकड़ लिहा नहीं त कुल्हड़ उपरे से छूट के नीचे वालेन का जारि देइ।''

अरूप- ''हम्म ठीक है... चाय माँगा है ज्ञान नहीं।

चाय वाला- ''बकिया तोहार मर्जी, नीचे वाले भैया जबर हैं, क भैया ठीक कहेन न?''

यात्री- ''हम्म, हमको भी एक कुल्हड़ दो।''

(नीचे वाले ''जबर'' मतलब पहलवान जैसा यात्री भी चाय वाले की खुशामद देख चाय आर्डर कर ही देता है... और ट्रेन अपने गंतव्य की ओर फिर से सरकने लगती है)

* * *

उधर कुछ बरस पहले....

ये कभी न रुकने और कभी न थमने वाला शहर कलकत्ता है, जहाँ

नस-नस में बहती है आस्था उस माँ काली और देवी दुर्गा की जिसके बिना शायद कलकत्ता का वर्तमान वजूद होना सम्भव ही नहीं था। बांग्ला भाषी शहर की अलहदा कोठियाँ अंग्रेजों की विरासत को बयां करती हैं तो खान बहादुर और राय बहादुर की शान गुलामी के बाद आज़ादी के दौर में भी बरकरार रही हैं। इन्हीं खान बहादुरों की एक कोठी हावड़ा के धर्मतल्ला रोड पर है। आज भी मोटर कार और नौकर-चाकर पुराने महल की रौनक हैं तो शमशेर खान का मछली का कारोबार पुराने ठाठ की पेशवाई बुलंद करती हैं। मगर कुछ दिनों से मनहूसियत इस कोठी को खंडहर बनाने पर मानो आमादा था। अंग्रेजों के जुल्मों में साथ देकर खान बहादुर का तमगा पाए इस खानदान को आहों ने आ घेरा था। शमशेर खान की 12 साल की बच्ची सुहाना जो अचानक ही घर से गायब थी हफ्ते भर से।

शमशेर- ''इंस्पेक्टर साहब मेरी बेटी ही नहीं गायब हुई है, खानबहादुर के खानदान का रुआब और रुतबा गायब हुआ है। बेगम के आँसुओं ने मानो समुन्दर को चुनौती दे रखी है। मेरा कलेजा भी नहीं मान रहा कि हँसती-खेलती बच्ची कब और कैसे?''

इंस्पेक्टर- ''शमशेर देखो तुम मेरे दोस्त भी हो और भुक्तभोगी भी। हम कोशिश के अलावा कर भी क्या सकते हैं? मार्क्सवादी सरकार तुम कांग्रेसियों को देखना भी नहीं चाहती, विरोधी भी मौके को तड़े हुए हैं। पूर्वी पाकिस्तान चले जाते तो शायद यह हालात न होते। अब रियासतें नहीं रहीं, समझना होगा तुमको।''

शमशेर- ''वर्दी में हो तो तुम भी बाप का दर्द भला क्यों समझोगे? खैर मैंने भी अपने आदमी लगा रखे हैं। देखो अल्लाह कहाँ तक रहम बरतने का इरादा रखता है?''

(कुछ इस तरह शमशेर खान के घर का सियापा मुहल्ले में भी चर्चा की राह तके हुए था मुद्दत से...)

उधर जिस शाम सुहाना गायब हुई थी। उस शाम अगस्त महीने की जोरों की बारिश थी। बाज़ार से लौट रही सुहाना बारिश से सिर छिपाने के

लिए तिरपाल में दुर्गा पूजा की मूर्तियाँ बनाने वाले एक कारखाने क्या गयी? उसको नशे में धुत्त कारीगर रतन की नज़र लग गयी। सारी उमर भाई बहनों संग हँसने खेलने वाली मासूम सुहाना की जिन्दगी की वह अमावस की रात थी, जिसने उससे हँसी, गुड्डे-गुड़िया और न जाने कितने सपने छीन लिए थे। उसकी चीखों में मानो बारिश की तड़तड़ और बादलों की गर्जना भी शुमार थी, न किसी को सुनने की चाह और न किसी को समझने की फुर्सत। बेदम सुहाना बस लालटेन की रौशनी में अधूरी बनी मूर्तियों को देख पा रही थी जिसकी ओर ही शायद उसका आख़िरी आसरा था।

अम्मी, अम्मी, अम्मी! की घुटती चीखें आधी रात तक बारिश के साथ शांत हो चुकी थीं। वहीं रतन पर सवार राक्षस जब उतरा तो उस मासूम ''रत्न'' की फिर कीमत वसूलने लेकर चल दिया। दिशा वह थी जिस ओर से रास्ते घर की ओर नहीं लौटते और गलती से लौट भी आये तो घर की चौखट भी चीख कर मर्यादा की दुहाई देने लग जाती है।

जब सुहाना को होश आया तो अधबने घर में चटाई पर थी... कोठी के सुख से अलहदा बदबू और मक्खियों के घेरे में जो उसके लिए बिलकुल अनदेखी और अनजान दुनिया थी सोनागाछी की।

* * *

(चार साल बाद...)

उस रात समन्दर भी ज्वार-भाटे संग हिचकोले खाकर तमाम कसमों और मिन्नतों से गुजरा और गिड़गिड़ाया था। तमाम कसमसाते बन्धनों से उसने भी आज़ादी माँगी थी। मगर उस जाल से आज़ादी भला कैसे मिलती, आखिरकार मछली जो बड़ी कीमती हाथ आई थी सोनागाछी के समन्दर से। उस ''मछरिया'' की कीमत पूरे लाख टका लगी थी, मंदी झेल रही जिस्म की उस रात मंडी में। सुगनी की पारखी नजरों ने सोनागाछी की उस मछली को आजमगढ़ के बाजार में हलाल करने की नीयत पाल रखी थी। आखिर उसका पेशा भी तो यही बाजार ही था।

सुगनी - ''ए नाव का है तोर?''

''सुहाना''

सुगनी- ''मिया बिरादरी है?''

''पता नहीं!''

सुगनी- (देखन में तो भले घर की लग रही) ''काए लौंडी, भूख-वूख तो नहीं लगी न?''

''उन्हं'' (ट्रेन में मन ही मन तमाम ख्वाबों की भूख को छिपाती सुहाना का सफ़र सुगनी संग जारी था बनारस तक का...)

* * *

उधर अरूप का आज़मगढ़ की धरती पर अपना खबरों का भी सफ़र कैफ़ियात-एक्सप्रेस से उतरते ही शुरू हो चुका था। होटल से सूत्रों की तलाश, पड़ताल और सूत्रधार की जद तक कैमरे तक पहुँचने की जिद भी। एक रोज शहर के उस बदनाम कोठे तक पहुँचने में डॉक्टर श्रद्धा के साथ भीतर तक सफल हो ही गया।

शायद जिंदगी में उसकी पहली रिस्की स्टोरी थी, कमरे में घुसते ही बसन्त की अँगड़ाई के बीच मंजरियों में बहने वाली हवा सी झीनी खिड़कियों से सुरसुराहट नहीं बल्कि तमाम बूँदें पसीने की ले आई थी।

सहसा...

''तुम्हारे लक्षण तो एनजीओ वर्कर वाले नहीं लगते, सच बताना चाहोगे?''

अरूप- ''अगर न बताऊँ तो!''

''कोई बात नहीं, मर्दों की दुनिया में अकेले तुम ही धोखेबाज़ थोड़ी हो। समझूँगी एक और मेरा अनुभव सच्चा निकला।''

अरूप- ''कैसे कह सकती हो कि एनजीओ से नहीं हूँ?''

''कोठे पे बैठाई गयी हूँ समझे, यह पेशा शौक नहीं है मेरा। दुनिया

दारी हम भी समझते हैं। ...और ये जो शर्ट के बटन की जगह कैमरा टाँके घूम रहे हो न मासी को दिख गया तो आजमगढ़ के घर- घर में इंसानी तन्दूरी उसी दिन बँट जाएगी।''

(शायद इस कोठे के गलत हिस्से में आ जाने का अफ़सोस अरूप को भी हो गया था, लेपल माइक की दुनिया से हिडन कैमरा तक का एक्सपर्ट आज कोठेवाली के सामने नंगा हो चुका था। अक्टूबर की गुलाबी ठंड में माथे पे छलछलाते पसीने उसकी नाकाम कोशिश की कहानी कह रहे थे...)

अरूप- ''अगर मैं बताऊँ कि जर्नलिस्ट हूँ तो?''

''टीवी पे दिखाओगे मुझे? कि कैसे पेशा करती है यह? कैसे ग्राहक लाती है? कैसे कमाई करती है? रात 12 बजे के बाद दिखाओगे न कि प्राइम टाइम में? विडियो ब्लर दिखाओगे मेरे जिस्म का या किसी साईट पे बेचना है?''

(चोरी पकड़े जाना और पेशेवर औरत के हाथों जलील होना ही शायद काफी नहीं था, यह तो पूरा दिन खराब होने जैसा था)

अरूप- ''मीडिया वाले भी दिल रखते हैं। मकसद जरुर बताऊँगा, इज्जत की खातिर आया हूँ।''

''देने या लेने।''

अरूप- ''समय का इंतजार करो।''

''मासी देख रही हैं, बीपी चेक हो गया हो तो दफा हो जाओ यहाँ से शक्ल से नफरत हो गयी है तुम्हारी। और वो तुम्हारी डॉक्टरनी को तो...''

अरूप- ''वो असली हैं।

''शुक्र है नकली चेहरे वाले ने अपना असली चेहरा तो कुबूला।''

(जितनी तेजी से अरूप डॉ श्रद्धा को लेकर निकला उससे शक श्रद्धा को भी हो चुका था कि ये अरूप मर्डर करवा के ही मानेगा)

डॉ श्रद्धा- ''सच बताओ सब ठीक तो है?''

अरूप- ''उसने मेरा हिडन कैमरा देख लिया है।''

डॉ श्रद्धा- ''मैंने पहले ही कहा था तुम्हारी पत्रकारिता यहाँ नहीं चलेगी।''

अरूप- ''आपको डर लग रहा है?''

डॉ श्रद्धा- ''नहीं डरती, इन कोठेवालियों की ममता ने इनकी सेहत सँवारने की मानो मुझसे कसम ले रखी है। मैं सँभालने की कोशिश करुँगी... और हाँ अब तुम शहर छोड़ने की तैयारी करो अगर जान बचानी है। प्रधान नहीं छोड़ेगा तुमको।

अरूप- ''क्या लगता है आपको, वो सबको बता देगी?''

डॉ श्रद्धा- ...''कोठेवाली बाद में है पहले औरत है, अंजाम उसे भी पता ही होगा।''

अरूप- ''हम्म, होटल पहुँचकर फोन करता हूँ आपको।''

डॉ श्रद्धा- ''कोई दिक्कत हो तो फोन कर लेना, और हाँ अकेले मत निकलना।''

अरूप- ''थैंक्स।''

(पत्रकारिता के तमाम स्टिंग करने वाला आज फेल हो गया स्टिंग ऑपरेशन में, स्टिंग के दंश चुभ रहे थे... सिगरेट दर सिगरेट पूरा कमरा धुआ-धुआँ और कोठे का हुक्का चारों तरफ दिमाग को झकझोरते रात मानो कटने से बगावत कर बैठी थी)

* * *

रिपोर्ट और दवा के बहाने से सप्ताह भर में फिर उसी दर पर अरूप की दस्तक थी।

(सप्ताह भर की खामोशी के बाद कोठे पर...)

अरूप- ''जानती हो, मुझे तुमसे और तुम्हारी बेबाकी से इश्क़ होने

लगा है!''

''इश्क़ किस चिड़िया का नाम है?'' मेरा बेबाक होना तुमको आकर्षित करे तो यह प्रेम है? जीवन नायिका प्रधान फिल्म नहीं है... और हाँ, रंडिया बेबाक ही होती हैं, उनकी बेबाकी ही उनको जीवन संघर्ष में बनाये रखती है। वरना थाने से लेकर तुम मादरजात तक जीने नहीं देते। ऊपर से तुम जैसे दो चार आ गये इश्क़ करने वाले तो कहना ही क्या?''

अरूप- ''फिल्म तो तुम्हारी बनेगी, हो सके तो मैं ही बनाऊँ।''

''क्यों छिपे कैमरे में क्या- क्या और कैद किये हो?''

अरूप- ''आज कैमरा नहीं है।''

''तुमको डर नहीं लगा तुम्हारी चोरी पकड़ी गयी?''

अरूप- ''चोरी करता था तो डरता था, अब कोई डर नहीं।''

''रुको चाय पिलाती हूँ तुमको।''

अरूप- ''उस चोर को तो चाय के बजाय सिगरेट, व्हिस्की, रम और हुक्का दे रही थी आज चाय?''

(हँसते हुए...) ''चोर शरीफ जो बन गया है।''

अरूप- ''पता नहीं, प्रेम से शराफत आती है यह पहली बार पता चला।''

(थोड़ी ही देर में चाय हाजिर थी...)

''ये प्रेम जो होता है न बड़ा छलिया किस्म का होता है, प्रेम की आड़ में आदमी जाने क्या-क्या चेहरे छिपाए रहता है? जब चेहरा सामने आता है न तो प्रेम की सच्ची परिभाषा सामने आ जाती है।''

अरूप- ''ये पढ़े लिखों की भाषा है, कहाँ से लाती हो यह ज्ञान?''

''कहा न, कोठे के प्रेम की पैदाइश नही हूँ मैं...''

थोड़ी देर तक कागजी खानापूरी के बीच मौसी उस कमसिन कोठे वाली को एक कोने में ले गई।

मासी- ''सुन लौंडिया, हँसी ठिठोली की आवाजें मेरे कान में न आयें, ...वो आए तो अपना चेकप करा और उसे चलता कर।''

सुहाना- ''मासी आपको उससे चिढ़ क्यों है इतना?''

(सुहाना से सुगनी मासी ख़फ़ा तबसे थी जबसे अरूप संग उसकी बैठकी हँसी ठिठोली में बदल गयी थी)

मासी- ''कोठे की लौंडिया सिर्फ सजने सँवरने और कस्टमर के ही लिए होती हैं। यह बात गाँठ बाँध ले... और हाँ, तेरा सुहाग नहीं बनेगा वो, सपने देखना बंद कर दे।''

सुहाना- ''मासी इतना गुस्सा बचपन से करती हो या मेरा इश्क़ आपको चुभने लगा है?''

मासी- ''कोठे का इश्क़ पल भर का होता है वो भी पैसे से, सही जगह इश्क़ करेगी तो बुढ़ापा सहूर में बीतेगा। ...कुछ जादा नहीं बकबक करने लगी है तू? और भी लौंडिया हैं वो दिन ढलने से पहले ही तैयारी में जुट जाती हैं और एक तू है कि शाम तक बक-बक, बक-बक... चल भाग यहाँ से मुई।''

(आज मासी की नजरों में सुहाना का छुपा इश्क़ पकड़ा गया था, ठीक उसी तरह जैसे अरूप का हिडन कैमरा उसने पकड़ लिया था, इसी बीच कमरे का आइना उससे मुक़ाबिल था...)

''आइना''- ''देख तो कमी क्या है तुझमें! जिस्म बेचती है मगर तेरा कोई खानदानी पेशा नहीं था यह। कहाँ तक बिकती-बिकती आ गयी तू... क्या तेरा जमीर भी जिस्म की तरह बिक गया? तेरी आत्मा भी कोठे की गिरवी हो गयी?''

सुहाना- ''न न न...'' (धुक धुकी चढ़ चुकी थी नवम्बर की सर्दियों में चेहरा पसीने-पसीने था, माँ की गोद से मासी की चाहत तक, छत से कोठे

की छोटी-छोटी गंध मारती कोठरियाँ और धीमा संगीत संग दारू और सिगरेट की गंध...)

मासी- ''तू अभी तक तैयार नहीं हुई!''

सुहाना- ''मन नहीं आज!'' (सुबकते हुए...)

मासी- ''मैं तुझे खरीद कर लाई थी मगर तुझे रोज बेचने की हिम्मत नहीं मुझमें। मुझे भी खरीदा गया, बेचा गया... मैं भी रोती थी तेरी ही तरह। मुझसे भी यही सब सवाल होते थे। मगर सोच... हमें कौन कुबूलेगा? जो मैं समझती हूँ तू भी समझने की कोशिश कर, इस कोठे से दो रास्ता निकलता है पहला शमशान और दूसरा घुमाकर फिर यहीं ले आता है। चल, जी छोटा न कर... आराम कर ले।''

(सुहाना की नज़रें आईने से हटकर खिड़की के परे दुनिया देखने की कोशिश करती है जहाँ गाड़ियों की कतारें हैं, फूलों का बाग़ है, प्रेमी प्रेमिकाओं की साथ घूमती जोड़ियाँ हैं और बचपन से पचपन तक की जिद और जिरह भी जवानी के उन्मुक्त सवालों की बेड़ियों से आजादी की चाहत पाने उड़ने को बेकल...)

पी जो गये परदेस, लाये न कोई सन्देश,
जी रही राम भरोसे, जोगन सा मोरा भेष,
ओ... माये री, याद सताए मोहें तेरा देश।

उडत पखेरू, पिंजरा में पड़े जो मुरझाये,
सुख की चदरिया, दुःख के पलंग इतराय,
ओ... माये री, बावरी लाडो तेरी सकुचाय।

जियत-मरत, जुगत बसेरा से होई सबेरा,
बचपन से बसा इस ठाँव बनबास घनेरा
ओ... माये री, डराये आजौ मोहे अन्हेरा।

चौखट की लाज बचाए बाबुल हैं अंजान,
कोठे-कोठे रंग रसिया, बहुत भई पहचान,
ओ... माये री, अब खुलती नहीं ये जुबां।
अब जो सावन आये, लाये अगन हजार,
गीली चूनर धानी रे चुनरिया थामे फुहार,
ओ... माये री, डोली मोरी न ढोए कहार।"

* * *

मासी ने भी कुछ छूट दे दी थी सुहाना को दिल लगाने के लिए...

अरूप- "हम्म, नाम तुम्हारा कुछ दूसरे मजहब का लगता है।"

"हा, हा, हा... काश कि कोठेवालियों का भी मजहब होता!"

(जवाब से असहमत होने का कोई तर्क नही अलबत्ता हँसी अरूप को कचोट गयी)

अरूप- "अब इसमें हँसने वाली क्या बात?"

"वैसे तुम तो पढ़े-लिखे हो अच्छे खानदान से लगते हो, कोठे की क्या जरूरत महसूस हुई तुमको?"

"खैर, बाबू साहब लोग होते ही ऐसे हैं उनकी जरूरतें एक छत के नीचे कहाँ पूरी होती हैं। अब आ ही गये हो छत के नीचे तो बताओ रम, व्हिस्की, देसी, सिगरेट या फ्लेवर्ड हुक्का क्या लोगे साथ में?"

अरूप- "तुम क्या लेती हो?"

"च्च... कभी जरूरत नहीं महसूस हुई, हाँ! कभी-कभार सिगरेट ले लेती हूँ। नशेड़ियों के बीच भला कब तक हलक रुँधी रह सकती है। जिस्म की मंडी है यह, बाज़ार में हाव-भाव नहीं रहेगा तो रोटी भी गले से नीचे उतरने के लिए नमक की चाह नहीं रखने वाली।"

अरूप- "दम नहीं घुटता?"

"साले... हट तेरा घुटा अभी तक! बात करता है..."

हँसी ठिठोली की गूँज मासी ही नहीं प्रधान तक भी उस रात पहुँची थी। सुबह अरूप का अधमरा शरीर ट्रेन के किनारे और सुहाना का ट्रेन से कटा हुआ मिला था। पोस्टमार्टम के बाद उस महिला की लाश का कोई वारिस न मिलने की जानकारी अरूप को हुई तो उसे सरयू के शमशान घाट इस आस में ले गया कि वो जन्मी मुसलमान थी इश्क़ हिन्दू से किया तो उसे हिन्दू परम्परा से ही मोक्ष मिलना ही चाहिए। डॉक्टर श्रद्धा ने भी उसे दुल्हन की तरह सजाया था।

चिता की आग बुझने के बाद अस्थियों को समेटकर अरूप ने बस पकड़ ली बनारस की। जहाँ गंगा घाट पर मुक्ति की कामना से राख बिखेरते हुए सोच रहा था अगले जन्म इसे बिटिया न कीजो।

* * *

अधूरी स्टोरी के साथ वापसी की ट्रेन में कहीं कोई बंजारन गा रही थी-

''कहवाँ चली रे बयार, माई रही रे पुकार
बाली रे उमरिया, मोरी बाली रे उमरिया
माई बलि-बलि जाऊँ रे...
तोहरी चिरैया, उड़ी-उड़ी जाए खलिहान
कौनो घर न घरौंदा, लचकाए रे कमरिया
माई बलि-बलि जाऊँ रे...
तोरी माथे की बिनिया, बिछुवा हेराइगा
कहाँ कैसे छोरी के बियाहे से साँवरिया
माई बलि-बलि जाऊँ रे...
उड़ी जो तोरी चिरैया पंख रही रे पसार
न लौटन होई, न खोजा मोहे रे दुवरिया
माई बलि-बलि जाऊँ रे...
अँखिया के कजरौटा, बदलगा गजरवा
हम होई अछूत, न अब हमके पुकरिहा
माई बलि-बलि जाऊँ रे...
तोहरे अँचरवा के पकरि चलत पहरवा

हम भई अमावस, ना डराए रे अँधेरिया
माई बलि-बलि जाऊँ रे...
डगर डगर चली ई चिरैया अब न चहकी
पुकारी न महतारी कय नाम रे अजोरिया
माई बलि-बलि जाऊँ रे...

* * *

15

विधवा का प्रेम

उस रात बसन्त की एक मद्धम सी सर्द रात थी, जब दशाश्वमेध घाट से गंगा आरती की भीड़ भी छँटने की ओर थी। रात कितनी थी इसका अंदाजा नहीं था, यही कोई नौ बजे से दस बजे के बीच का समय हुआ होगा। गोदौलिया के पास भदैनी की ओर से ऑटो वाला कैंट एक सवारी की डिमांड करता हुआ ब्रेक मार मारकर दाएँ-बाएँ कर सवारी की तलाश में था।

सहसा पास आकर बोला-

''एक सवारी कैंट!''

''हम्म, चलो।''

ऑटो में बैठने को हुआ तभी एक युवती जो पहले से बैठी थी, बोल पड़ी-

''उस साइड बैठ जाइए, थोड़ा डिस्टेंस रखियेगा।''

इधर दूसरे सहयात्री की हिदायत के बाद सहमति में सिर हिलाते हुए दूसरे साइड में बैठकर बाहर की दुनिया निहारने की कोशिश के बीच महसूस हुआ कि वो इधर ही एक-टक देखे जा रही थी। ऑटो भी सहालग के इस पहली शुरुआत में बरात और बारातियों के बीच से निकलने की जुगत में बहुत रेंगता हुआ चल रहा था। नाचते-गाते बाराती और उल्लासित माहौल को देखकर 'मेरे यार की शादी है' की धुन पर कदम ऑटो में ही मानो थिरकने की मुद्रा में आ चुके थे। ऑटो की मद्धम गति सड़क पर रेंगते चलती कई बारातों ने रोक रखी थी। अचानक एक फ्लैश सामने बैठी युवती पर पड़ी तो साँवली सलोनी मगर सम्भ्रांत घर की लग रही थी। एक पिट्टू बैग एक लेडीज पर्स के साथ आँखों पर हीरोइनों वाला काला चश्मा सहसा उसने रोशनी पड़ते ही चढ़ा लिया था। मगर, काले चश्मे के भीतर का सैलाब उसके कपोलों से होकर अधरों तक आकर निढाल हो चुके थे। आँसू ही थे जो लगातार बह रहे थे और फिर देखते ही देखते उसने पर्स से रुमाल निकालकर पोंछना शुरू कर दिया।

''क्या हुआ? मैं आपकी मदद कर सकता हूँ?''

''इट्स ओके, बस बरात देखकर भावुक हो गई थी।''

''हाँ मगर भावुक? कुछ समझा नहीं।''

''नहीं समझेंगे मैंने आपको बगल बैठने से अभी टोका था। अपने हसबैंड की चिता को मुखाग्नि देकर आ रही हूँ।''

''ओह! सॉरी नहीं पूछना था मुझे।''

''इट्स ओके, कोई भी होता तो उसका चौंकना लाजिमी था।'' (यह कहते हुए उसने अपना काला चश्मा उतारकर इस बार करीने से अपने आँसुओं को पोंछा)

''इस उमर में पति गुजर गए सो सैड, देखकर, सुनकर अच्छा नहीं लगा।''

"हम्म, सुनकर तो समझ आया मगर देखकर नहीं समझ पाई।"
(सहसा वो आँसुओं से अलहदा होकर मुस्कुरा पड़ी थी)

"मतलब, ये आँसू और इतनी कम उमर में विधवा होना।"

"न, शादी नहीं हुई थी... लिव इन में थे हम दोनों। होली के बाद से नोएडा में कोरोना को लेकर हालात खराब हो गए और रोहित की जॉब छूट गई, दोबारा मिली ही नहीं। मेरी जॉब चल रही थी तो खर्चा मैं ही चला रही थी घर का। बैठे-बैठे महीनों हो चले थे। प्रेग्नेंट हो गई अब तो। दो महीने का है।"

"सहसा उसकी बातें खत्म होने से पहले ही उसके पेट पर मामूली उभार महसूस कर बोल पड़ा -ओह! बहुत ही दुखद है यह सब।"

"हम्म, वाकई नहीं होना था। मैं बेबी चाहती थी और वो अबॉर्शन। जिद की जंग में रोहित हार गया।"

"हुआ क्या था?"

"सुसाइड कर लिया उसने मुझसे लड़ाई करके। इसके बाद पोस्टमॉर्टम और पुलिस से डेडबॉडी लेकर कल ससुराल यानी रोहित के घर आई थी। मॉर्निंग में दाह संस्कार करके शाम को अस्थियां विसर्जित कर अब नोएडा लौट रही हूँ। बड़ी मुश्किल से 15 दिन की लीव लेकर क्रिया कर्म करना है अब। सॉरी, इसी वजह से आपको अपने बगल बैठने से मना करना पड़ा।"

"कोई बात नहीं, समझ सकता हूँ।"

"मेरा नाम विंध्या गोस्वामी है, अनपरा प्लांट में फादर थे। विंध्यवासिनी की कृपा से हुई थी तो विंध्या रख दिया नाम। दोस्त बिंदिया गोस्वामी बोलकर खूब हँसते हैं। (इतना कहकर खिलखिला पड़ी थी)।

"ओह, शायद अभिनेत्री।"

"हम्म, ऐक्टिंग नहीं आती मगर। जैसे हूँ ऐसे ही हूँ। रोहित पाल का

भदैनी में घर है, माँ है और छोटी बहन। बस, इतनी ही छोटी फैमिली उसकी। माँ पेंशन पाती हैं बस उसका घर चलता है किसी तरह। इसीलिए, डेडबॉडी को मुखाग्नि मैंने ही दी। मन हो रहा था सती हो जाऊँ। आत्मग्लानि हो रही थी उसकी मणिकर्णिका पर जलती चिता देखकर। मुझे उससे झगड़ा नहीं करना था।''

''हम्म'' (उसके सती शब्द ने भीतर तक बेध दिया, शिवानी की कहानी सती की याद ताजा हो गई कि कैसे सती होने का नाटक कर उस युवती ने कई लोगों को ठगा था)

''ए हेलो! कहाँ खो गए?'' (उसने सोच की तन्द्रा को शब्दबाण से बेध दिया था।)

''कुछ नहीं बस सोचने लगा था।''

''हम्म, हर कोई सुनकर सोचेगा। रोहित की माँ ने तो मुझे हत्यारिन भी बोला। कहीं जान ले ली डायन मेरे बेटे का। मगर, पेट में रोहित की औलाद होने की बात सुनकर नॉर्मल हो गई। अजीब है दुनिया, औलाद के लिए लड़ती-झगड़ती है। मैंने एबॉर्शन से मना कर दिया तो हैंग टिल डेथ का मामला हो गया।''

''हम्म होता है, समाज ऐसा ही है।''

''रोहित ड्रिंक भी खूब करने लगा था घर में खाली बैठकर। शायद सुसाइड भी उसने नशे में कर लिया। मुझे तो ऑफिस में फोन आया कि पुलिस को डेडबॉडी मिली है फ्लैट से। मरने से पहले जाने किस-किस को मैसेज कर गया...मुझे छोड़कर। फाइनली छोड़ गया है। दसवाँ और तेरहवीं पर उसके घर वाले आएँगे नोएडा। होप कि सब आगे भी नॉर्मल रहे।''

(इधर मन ही मन सोच रहा था कि ये महानगरों की भागती-भगाती जिंदगी क्या-क्या गुल खिलाती है। ...और पीछे छोड़ जाती है दुश्वारी जो परवरिश और धोखे से लेकर न बूझने वाले अनुभव दे जाती है)

टेम्पो वाला : ''आइए कैंट आ गया, उतरिये।''

दोनों सवारियों का यही पड़ाव था। उसके भारी-भरकम बैग को उतारने में मदद करता तब तक वो हाथ थाम चुकी थी।

"बुरा मत मानियेगा, अनजान शहर है। ट्रेन पकड़ा देंगे, अगर बुरा न मानें?"

"हम्म कोई बात नहीं।" उसका किराया भी पर्स ने वहन मानवता के नाते कर दिया। अशोक चक्र से सजा 26 जनवरी का वह दिन रोशनी से नहाया था मानो स्टेशन भी बरात की कतार में आबद्ध हो।

उसका बैग लेकर प्लेटफॉर्म संख्या पाँच की बेंच पर रखा तो लगा मानो अर्थी का बोझ उतर गया हो। कुछ मीटर का फासला वो ऐसे तय करती रहीं मानो किसी जंगल में आगे-आगे भरोसा और पीछे-पीछे परवरिश चली आ रही हो।

"सुनिए, सिगरेट लेंगे?"

"हम्म, चल जाएगा।"

उसने पर्स से विल्स की सिगरेट निकाली और लाइटर भी।

"हँसती हुई बोल पड़ी - आपके गले का आई कार्ड देख ली थी। पता था पीते तो आप भी होंगे।"

"हाँ, कभी कभार।"

"रोहित चेन स्मोकर था। उसी ने लत लगाई थी।"

रात ढलने के साथ ही स्टेशन पर कम होती भीड़ और अनाउंसमेंट के साथ आती-जाती ट्रेनों के बीच दो घंटे के इंतजार संग आधी रात हो चली थी और चाय के कुल्हड़ तब तक दो तीन बातों ही बातों में टूट चुके थे। सहसा, ट्रेन आने की घोषणा के साथ ही कदम बोगी की ओर बढ़ चले थे और दोनों की खत्म होती सिगरेट के बीच ट्रेन की रवानगी हो चुकी थी। चलते-चलते, अंतिम टुकड़ा कदमों के नीचे आ चुका था। रेंगती ट्रेन के बोगी से बोल पड़ी - "कॉल करती हूँ पहुँचकर।"

''हम्म इंतजार रहेगा...''

उसने जेब से झाँकते आईकार्ड से कुछ ही पलों में जाने क्या-क्या जान लिया था। उसकी बात वापसी में कौंधती रही कि - लड़कियों के पास एक सेवेंथ सेंस होता है, वह सवाल वही करती हैं जिसका जवाब उनको पता होता है।''

उस रात नींद गायब थी ट्रेन में विंध्या की जो आईकार्ड और मोबाइल चुरा लाई थी और अनजाने में मिले चेहरे की तस्वीर निहारकर अपनी बर्थ पर खिलखिला रही थी, दूसरी ओर अपनी निजी जानकारियों का आईकार्ड और मोबाइल कबका गँवाने से बेखबर उसके सुरक्षित दिल्ली यात्रा की चिंता में बिस्तर पर डूबा था। अगले दिन कोट की जेब से मोबाइल न मिलने पर डुप्लीकेट सिम लेने पर पता चला कि उसके एकाउंट से हजारों का ट्राँजैक्शन हो चुका है। विंध्य की पर्वत मालाओं से मानो एक भरोसे का मोती टूटकर अलग क्या हुआ उसे फिर से पिरोने की चाह भी मणिकर्णिका घाट पर राख हो चली थी।

* * *

16

अनामिका तू भी तरसे

अधूरी प्रेम कहानी पर रचे उस उपन्यास को साहित्य अकादमी पुरस्कार मिलने की खबर के बाद से ही राघव की व्यस्तता अचानक बढ़ गई थी। बनारस से नई दिल्ली और इंटरव्यू से लेकर रिव्यू और बॉलीवुड के निर्माताओं की फौज की निगाह में बस राघव का ही नाम रट गया था। अचानक से छोटे शहर का युवा लेखक दुनिया की साहित्यिक धरा में अवतरित हुआ और छा गया, युवाओं ने भी उसकी कहानियों में खुद को तलाशना शुरू किया और देखते ही देखते बेस्ट सेलर ऑथर से लेकर साहित्य का वह चमकता ऐसा सितारा बन गया जिसे अब बॉलीवुड भी हाथों-हाथ लेने में कोई कोर-कसर छोड़ने को तैयार नहीं था। अकादमी पुरस्कार जिस उपन्यास को मिला उस पर बॉलीवुड के बड़े निर्माता की नज़र थी, लिहाजा करोड़ों रुपयों की वह साइनिंग अमांउट अखबारों और सिनेमा की दुनिया के अलावा बॉलीवुड टीवी और खबरों की दुनिया में राघव के नाम का डंका अचानक से बजने लगा था।

बॉलीवुड का अचानक सेलिब्रिटी बनकर भी राघव की मुस्कान ठेठ बनारसी ही थी, ठठाकर हँसना और घाट के किनारों की आवारगी अब बहते हुए नई दिल्ली से होते हुए मुंबई तक जाकर समुद्री हवाओं से एकाकार हो चुकी थी। ठेठ बनारसी लेखक उस समय असहज हो जाता जब उसे बड़ी पार्टियों में निर्माता लेकर जाते और उसे ड्रिंक के लिए क्षमा माँगनी पड़ती। बनारस में उसने भाँग की ठंडई भी शायद एक दो ही बार छानी होगी और अब सोशल ड्रिंकर बनना उसके लिए मानो विवशता बनती जा रही थी। एक वेब सीरीज के लिए कान्ट्रैक्ट और साइनिंग एमाउंट थामकर होटल में अपने कमरे में उस रात राघव की नींद उड़ी हुई थी। माह भर में पूरी किस्मत अचानक बदल चुकी थी। जहाँ बनारस के अस्सी की अड़ी में भी उस जैसे युवा लेखक को लेकर मखौल बनता जा रहा था और तो और चाय की चुस्की में भी उसे हमजोली शामिल करने से कन्नी काटने लगे थे कि सहसा अकादमी पुरस्कार की सूचना के बाद अखबार से पन्नों से लेकर पूरा अस्सी झूम उठा था।

''आपन राघव त आदमी से अकादमी तक पहुँच गएल।''

यह गूँज अस्सी ही क्या हर गली नुक्कड़ और घाट की चाय की चुस्कियों की चर्चा में शुमार हो गया। अखबार में हर कोई यह सूचना पढ़कर चौंक उठा था। मानो किसी को भरोसा ही न हो कि मोहल्ले का लौंडा अब बनारस का अगला प्रेमचंद हो गया है। होनी को शायद यही मंजूर था, जो अब सपना सरीखा था वह सब सच हो चुका था। अब राघव देश का चर्चित लेखक बन चुका था और अकादमी पुरस्कार की घोषणा के दूसरे ही दिन उसके उपन्यास की चर्चा अखबारों और बॉलीवुड खबरों के बीच यों निकली कि एक बड़े फिल्म निर्माता ने उसपर नजरें इनायत की हैं और उस पर जल्द ही स्टारकास्ट तय होकर बनारस में ही फिल्म की पृष्ठभूमि के अनुरुप ही शूटिंग शुरू होगी। ऑफर भी ऐसा था कि कोई भी मना कर दे तो बेवकूफ कहलाएगा।

अचानक राघव की तंद्रा टूटी वो भी फोन काल से जो लगातार होटल के कमरे में घनघना रही थी। नम्बर अनजाना था, मगर ट्रू कॉलर पर जाना

पहचाना सा नाम उभर आया- ''अनामिका राय।''

काल रिसीव करते ही उधर से जानी-पहचानी आवाज कानों में उतर गई -

''हाय रघु, (वो रघु ही पुकारती थी) पहचान गए मुझे।''

''हम्म, भूला ही कब था जो पहचानने की जरूरत पड़ेगी।''

''कांग्रेचुलेशन, हमेशा की तरह तुम्हारी सफलता पर। टीवी पर देख रही थी तुमको। इंटरव्यू में वही कॉन्फिडेंस और वही तेवर देख लगा कि तुम फिर से मेरे सामने आ गए हो।''

''हम्म, ...और कैसी हो?''

''लखनऊ में हूँ और कहाँ रहूँगी।''

''हम्म, खुश रहो।''

एक लंबे अंतराल के बाद गहरी साँस की आवाज आई थी, ...और फफकने की अनवरत् आवाज आती गई। मानो आज की रात बरसात पूरे मूड में हो।

''सुनो तुम रो रही हो? व्हाट हैपन! आइ एम वरीड यार। प्लीज बोलो क्या हुआ?''

(सुबकते हुए) ''रो लेने दो! शायद आँसुओं से मेरे छल के दाग धुल जाएँगे।''

''अरे! कैसा छल? ...और प्लीज आँसू पोंछ लो।

''हम्म, जानना चाहते हो न कि ये आँसू क्यों है?''

''क्या फर्क पड़ता है अब तो आँसू वाली भी पराई हो चुकी है और पोंछने के लिए उठने वाले हाथ भी पराए हैं।''

अनामिका की सिसकियाँ कुछ कम होती गईं और शिकायती आवाज साल भर बाद सुनाई पड़ रहे थे।

"तुमको धोखा देकर मैंने जिस सरकारी जॉब वाले से शादी की उसकी नौकरी कोर्ट में फँस गई। इकोनॉमिक कंडिशन चार महीने में खराब हो गई। कर्ज लेकर केस चल रहा उनका। पीते तो पहले भी थे अब ज्यादा पीने लगे हैं, हाथ भी छोड़ देते हैं। फिर आँसू थप्पड़ से नहीं इस हालत पर निकल पड़ते हैं कि मेरे आँसू कभी तुमने जमीन तक नहीं पहुँचने दिये थे। मेरे करम दण्ड को खुद भुगत रही हूँ। तुम्हारा नम्बर ब्लॉक करके गुपचुप सरकारी नौकरी वाले से शादी करके भी आज मेरे पास आर्थिक सहारा नहीं है। ...और तुम्हारे करोड़ों के कॉन्ट्रैक्ट और अवार्ड की चर्चा देश भर में है।''

"हाँ, शायद इसके पीछे भी अनामिका तुम ही हो। याद है तुम्हीं ने स्वामी विवेकानन्द की कविता का अर्थ समझाया था कि 'बादल अपना सर्वोच्च गुण तब दिखाते हैं जब बिजली उनका सीना चीर देती है।' हाँ, तुम्हारे चले जाने से बहुत कुछ चला गया। बचे थे तो एक लेखक के शब्द। उन्हीं शब्दों ने भावों को रचा और दिल की उस गहरी चोट से वह कृति निकली कि अकादमी अवार्ड तक पहुँच गई और आज बनारस की गलियों की खाक छानने वाला तुम्हारा बदनाम प्रेमी बॉलीवुड का नवोदित लेखक बन गया। शायद अब बनारस से रिश्ता भी तुम्हारे बाद रख पाना नहीं हो पायेगा। मुंबई सेटल होना चाहता हूँ... अब तो मेरे आँसू भी सूख चुके हैं। बस शब्दों ने मेरा साथ नहीं छोड़ा और आज उन्हीं की बदौलत यहाँ हूँ।''

अनामिका ने फोन पर एक गहरी साँस ली और तसल्ली से कहा - "हाँ, तुम्हारी स्टिकर वाली पुरानी बाइक पसन्द नहीं थी मुझे, तुम्हारी तंगहाली नहीं पसन्द थी, तुम पसन्द थे। रिश्ता सरकारी नौकरी वाले का आया तो लगा तुम जैसे भटकने वाले के साथ भला कहाँ फ्यूचर सेक्योर होगा? इसलिए तुमको ब्लॉक करके दिल पर पत्थर रख लिया। ...और किस्मत देखो सरकारी नौकरी वाले की नौकरी चली गई और तुम पर सरस्वती की कृपा थी और अब लक्ष्मी जी की भी कृपा हो गई। शायद यह तुम्हारा रिवार्ड है, हकदार हो तुम। डिजर्व करते हो। क्योंकि तुमने छल सहा है... और ऊपर वाला देखो न इंसाफ का तराजू लिए बैठा है। जानते हो, शराब के नशे में वो गैलरी में लेटा है और मैं उसके क्षणिक प्रेम की चाह में

तरस रही हूँ।''

''यह सब सुनकर कतई अच्छा नहीं लगा। मुझे तकलीफ हुई यह सब सुनकर।''

''मत तकलीफ करो, मेरे पैसे की भूख का यही सिला लिखा था। दोष मेरा था, तुमको अनब्लॉक करके सिर्फ प्रायश्चित करना चाह रही थी। मुझे माफ़ करने की कोशिश करना।''

''ऐसा मत कहो, तुम कल भी पवित्रा थी आज भी हो।'' (सहसा भीतर से प्रेमाश्रु बह निकले)

''उन्ह, मत कमजोर पड़ो। यही मेरी नियति है। अनामिका बेवफा थी, कहानी सुनकर जग भी हँसेगा। अनामिका आज पैसा और प्यार दोनों को तरस रही है। बस इस बार तुम भी रहम मत खाना क्योंकि इस समाज में एक सिंदूर ने हमारे तुम्हारे बीच गहरी खाई खींच रखी है। तुम्हारी ओर गई तो बेवफा और इस तरफ हूँ तो भी बेवफा ही हूँ तुम्हारे लिए। अकेले तुम्हारी नजर में बेवफाई का ताना सुन लूँगी बस दुनिया समाज के बंधन और दुर्भाग्य नहीं टूट सकेंगे।''

फोन पर ही उधर से शराब के नशे में गलियों की बौछार सुनाई पड़ी। ''रंडी, अपने यार से ही पैसे ले आती। घर की चक्की के लिए चकलाघर ही खोल ले।''

अब आगे कुछ भी सुन पाने की स्थिति में न तो राघव ही था और न ही अनामिका का रघु ही।

* * *

17

बेदखल बनारस

वृद्धावस्था आश्रम की चौखट पर उजाले से ठीक पहले वाले अंधेरे के बीच साफ-सफाई की शुरुआत माताएँ करने ही वाली थीं कि दरवाजा खोलते ही एक युवती को लेटे देखकर सहसा चौंक पड़ीं।

आनन्दी माँ की हथेली उस तरुण युवती के माथे पर फिरी तो चौंक पड़ी और उठ बैठी।

''मैं, मैं वृंदा हूँ। ठौर खोजते आई तो आधी रात हो गई थी फिर यहीं सो गई।'' (हड़बड़ी में और भी न जाने क्या-क्या वृंदा बड़बड़ाते हुए बकती रही और आनन्दी सहित अन्य बुजुर्ग महिलाएँ उसकी हथेली और पिट्टू बैग समेत आश्रम के आँगन में ले आईं)

आनन्दी- ''ये बता बेटी वृंदा! तू यहाँ क्यों ठौर खोजने आ गई? यह आश्रम तो बुजुर्ग महिलाओं का है। अनाथों और बेवा लोगों का है। तू तो

अभी जवान है, यहाँ कौन तुझे ठौर देगा? मैनेजर भी तुझे काउँसिलिंग सेंटर भेजकर घर भिजवा देंगी।''

वृंदा - ''नहीं, घर नहीं जाना। भागकर आई हूँ।''

यह सुनकर जाग चुकी कुछ बुजुर्ग महिलाएँ ठठाकर हँस पड़ीं।

''चादर से अस्सी साल की वेदिका ताई ने झाँकते हुए ताना मारा, ''देखने मे तो ठीक ठाक लग रही? मंडुवाडीह में तो तेरी कीमत अब तक लग चुकी होती। बड़ी आई, घर से भागने वाली।''

''ताई, तुम चुप रहो बच्ची है अभी। सुन तो लो क्यों आई है यहाँ ठौर खोजने? वेदिका पर अचानक ही बिफर पड़ी थी आनन्दी। उधर, आनन्दी के बिफरने से वेदिका ताई मुँह घुमाकर चादर तान चुकी थी।

वेदिका - ''हुँह मुझे क्या? छोकरियों के शौक चर्राये होंगे यार के.... भाग आई घर से?''

आनन्दी - ''ताई तुम भी भागी थी, पहुँची जहाँ वो मंडुवाडीह था और जवानी खपा दी और अब धंधा बन्द करवा दी सरकार तो अब बुढापे में यहाँ रोटियाँ तोड़ने और भजन करने आ गई। अब आगे मुँह मत खुलवाना।'' (आनन्दी मानो वृंदा की अभिभावक बनकर तानों से उसे बचाने की जिद पर अड़ गई थी)

उधर, ताई भी चादर से मुँह ढँक कर बड़बड़ाते जा रही थी - ''आनन्दी, चालीस साल पहले तू मिलती तो चवन्नी में तुझे रात-रात भर के लिए बिकवाती। हाँ, ये लौंडिया का जरूर ठीक-ठाक लग जाता। भाग कर आई बड़ी। हुँह...''

उधर वृंदा दो बुजुर्ग औरतों की बहस के बीच खुद को असहज जब तक महसूसती तब तक पाली काकी रसोई से चाय लेकर पहुँच चुकी थी। लकड़ी की चौकी पर उजियार तब तक पूरा हो चुका था और बसंती हवा फरवरी के अंत के आखिरी दिनों में भी सिहरा रही थी। एक कप पाली काकी ने वृंदा की ओर बढ़ाकर ममत्व से परिपूर्ण हाथ सिर पर फेरते हुए

चाय पीने का इशारा किया। काँपते, सकुचाते हाथों ने चाय के कप को थाम लिया था और सुड़ुप-सुड़ुप कर घूँट-घूँट कर हलक से नीचे उतारते हुए वृंदा की आँखों से कुछ बूँदें निढाल होकर गिरने लगीं। आनन्दी और पाली काकी ने बुजुर्गियत के इस दौर में भी मानो वृंदा की परवरिश करने की कूवत को सम्बल देना शुरू कर दिया था। आँसू वृंदा ने पोंछकर चाय के हर चुस्की के साथ बताना शुरू किया।

वृंदा गुप्ता हूँ, घर मेरा अमेठी जिले में है, यहीं बनारस में पुराने महाल का आदित्य पांडे मेरे साथ कानपुर में पढ़ता था। साथ में कब हम दोनों एक दूसरे के करीब आ गए पता ही नहीं चला। फिर एक दिन एग्जाम खत्म होते ही वो घर आ गया। शादी का वादा किया उसने और मैंने भी गैर बिरादरी का होकर उसके साथ सात जन्मों का रिश्ता निभाना कुबूल लिया। घर पर खत छोड़कर आई थी कि कभी नहीं लौटूँगी। फोन आया था पापा का 'इस जन्म में मत लौटना घर'। अम्मा भी फोन करके बहुत शरापी थीं। बस आदित्य के भरोसे आ गई बनारस जंक्शन और उसे फोन किया तो उसने फोन ही ऑफ कर लिया। उसके पते की तलाश में खूब भटकी कल सुबह से रात हो गई। थाने गई तो पुलिस से आदित्य की तलाश की गुजारिश की। सब खा जाने वाली नजर से जाने कैसी-कैसी बातें करते रहे। रात दस बजे तक थाने के बाहर मदद की आस लगाए बैठी थी। फिर एक महिला होमगार्ड की ड्यूटी खत्म हुई तो मुझे बाहर देखकर स्कूटी रोक ली और मुझे घर लौटने की सलाह दी। बताओ न अम्मा कैसे लौट सकती हूँ?''

आनन्दी ने सहेजा - ''हम्म, तो उसी होमगार्ड ने तुझे स्कूटी से यहाँ तक छोड़ा होगा।''

वृंदा - ''हाँ, मगर आपको कैसे पता।''

आनन्दी - ''अक्सर भटकी हुई लड़कियों को भविष्य दिखाने के लिए वो राधा यहाँ की चौखट पर छोड़ जाती है। पड़ोस के मोहल्ले में रहती है। आती रहती है। भली लड़की है, पति दारूबाजी करता है। घर वही चलाती है। भागकर आई थी वो भी एक बनारसी ठग के चक्कर में मथुरा से। ...खैर छोड़, ये बता रात को दरवाजा खटखटा देती, चौखट पर पड़ी रही। नींद

तो आई थी?''

वृन्दा - ''नींद! हाँ थोड़ा सोई थी। मच्छर बहुत थे। हिम्मत नहीं हुई दरवाजा खटखटाने की। भरोसा हुआ आश्रम का बोर्ड देखकर। वो होमगार्ड सही जगह छोड़कर गई थी।''

''उन्ह! गलत जगह छोड़कर गई है।'' (इस बार पाली काकी ने उसे स्तब्ध कर दिया)

''सही बोल रही हूँ, तुझको महिला सुधार गृह भेजती तो पता चलता।''

''वो क्या होता है?'' (वृंदा की मासूमियत भरी जिज्ञासा पर पाली काकी ने माथा पीट लिया)

''जेल होता है महिलाओं का, जहाँ घर से भागी लड़कियाँ रखी जाती हैं।'' (आनन्दी ने उसकी जिज्ञासा शांत की)

वृन्दा - ''नहीं, जेल क्यों जाऊँगी? मैंने क्या किया है?''

पाली - ''घर से भागी लड़कियों का अपराध ही यही होता है कि वो भाग आईं हैं। उनको कौन रखेगा? चकलाघर न पहुँच जाएँ इसलिये उनको वहाँ सुरक्षित रखा जाता है दिमाग ठिकाने आने तक।''

वृंदा - ''और वहाँ से?''

पाली - ''इच्छा हुई तो शादी के लिए प्रोफाइल बनाकर जारी कर देते हैं। पसन्द हुआ कोई तो प्रशासन वाले शादी करा देते हैं?''

वृंदा - ''फिर वो ससुराल चली जाती हैं।''

''चकला घर भी जा सकती हैं''

काफी देर से चुप बैठी वेदिका ताई की आवाज आई थी चद्दर के भीतर से अबकी।

वृंदा - ''क्या ऐसा होता है?''

पाली - ''हाँ! कुछ भी हो सकता है। वैसे भी घर से भागी लड़कियों को जानकर भी लोग ब्याहते हैं तो कुछ उनमें भी वजह तो होगी ही, यह भी तो सोचो? शायद कुछ जरूरतमंद भी हों। मगर, खुद सोच ले अभी उमर है, पढ़ी-लिखी है। घर लौट जा। मैनेजर घण्टे भर में आती ही होंगी, काऊँसलर को फोन करके तुझे वहीं पहुँचा देंगी।

वृन्दा - ''मुझे यहाँ क्यों नहीं रख सकतीं?''

आनन्दी - ''ये वृद्धा आश्रम है। बूढ़ी हो जाओगी तभी रह सकोगी। पाली को देखो पंजाब से सीर गोवर्धन दर्शन के लिए साठ साल पर आई तो गई ही नहीं। सीर वाले एक दिन आश्रम छोड़ गए। क्यों पाली?''

पाली - ''पति गुजर गए, दोनों बेटे कनाडा सेटल हो गए। क्या करती... प्रॉपर्टी बेचकर रविदास दरबार आई और फिर जाने का मन ही नहीं हुआ। बेटे भी विदेशी गोरी मेम के चक्कर में माँ को भूल गए।''

वृंदा - ''बेटे कभी आपको खोजने आये तो?''

पाली - ''क्या फर्क पड़ता है?'' दस साल तक तो हाल-चाल नहीं लिया। कभी फोन करती तो बोलते डिस्टर्ब मत किया करो फोन करके। फिर तो कलेजे पर ही पत्थर रखकर आ गई भोले बाबा की नगरी में मोक्ष पाने के लिए रैदासियों के साथ। ...और आज तेरे सामने बैठी हूँ।''

''और आप आनन्दी अम्मा?''

(सहसा वृन्दा की जिज्ञासा जाग उठी थी)

एक गहरी साँस लेते हुए आनन्दी ने बोला - ''पचास साल पहले पुरी से एक बनारसी भगा लाया था। प्यार में पड़ी थी, पागल की तरह। फिर, खूब जिंदगी जीने की चाह जगी थी कि बेच गया मंडुवाडीह के एक अड्डे पर। छापा पड़ा एक दिन, पकड़ा गई। सुधार गृह गई, शादी करा दी तो लगा कैद से मुक्ति मिल गई। फिर, एक दिन वो दूसरे अड्डे पर बेच गया। दस साल पहले सरकार सख्त हुई तो अड्डे बंद हुए। बूढ़ी हो गई थी तो यहाँ आ गई।''

वृंदा - ''कभी वापस पुरी अपने घर की नहीं सोची?''

आनंदी - ''कोठे वालियों का भला घर कहाँ होता है?''

''उफ्फ'' (वृंदा की मायूसी भरी स्थिति देखकर पाली ने उसके कंधे पर हाथ रखा और थपकी देकर उसे सम्बल दिया)

आनंदी - ''अभी भी कुछ सुनना है?''

वृंदा - ''न... नहीं, वाकई यह अच्छा नहीं लगा सुनकर।''

पाली - ''तो तेरे पास समय भी है और उमर भी, लौट जा घर। थोड़ा नाराज होंगे, नैचुरल है। कोई दिक्कत हो तो मैं बोल दूँगी तेरे घर को कि तू मुझसे मिलने आ गई थी आश्रम।''

''मगर वो चिट्ठी लिखकर आई हूँ?'' (वृंदा अपनी बेवकूफियों के सुबूत छोड़कर असहज थी)

पाली - ''बोल देना, अपसेट थी तो बनारस वाली अम्मा से मिलने आ गई वृद्धा आश्रम।''

''वो माफ कर देंगे?'' (वृंदा की चिंता झलकने लगी थी आँखों में...)

पाली - ''माफ तो मैं भी कर दूँगी अपनी औलादों को! भले ही वो...'' (इतना कहकर पाली की आँखें छलछला आई थीं)

18

बनारसी कर्ण

लखनऊ में आषाढ़ की उस भोर, गर्मी और उमस के शुरुआत की पहली दस्तक थी। शायद बारिश का अंदेशा था और उमस वातावरण में घुली हुई थी। लखनऊ जंक्शन पर उस समय सामान्य भीड़-भाड़ के बीच मथुरा-पटना एक्सप्रेस प्लेटफॉर्म संख्या चार पर आने की घोषणा होते ही बैग सँभालकर अपनी बोगी लगने का इंतजार करते-करते दस मिनट बीत गए। ख्याल किया तो बोगी सामने ही लगी थी। एसी टू की उस बोगी में बर्थ पर कदम रखा तो एसी की ठंडक ने मानो चेहरे को प्रेम से सहला दिया था। उस ठंडक के स्पर्श ने प्लेटफॉर्म की उमस के अहसास पर मानो पर्दा डाल दिया हो। बोगी से कई यात्री उतरे तो एक या दो ही लोग यहाँ से आगे के सफर के लिए उसमें सवार हुए।

गौर किया तो बोगी में बमुश्किल पाँच या सात यात्री बचे थे और उस बर्थ के ठीक सामने एक छोटा बच्चा जो बमुश्किल तीन या चार साल का रहा होगा, जिसके साथ अभी तक कोई नहीं दिखा था। हालाँकि, वह बच्चा

तब तक सो रहा था। लोअर बर्थ की वजह से बैग रखकर लंबी और गहरी साँस लेकर बाहर के उमस की कल्पना से विदाई लेकर एसी बोगी की राहत महसूस कर ही रहा था कि एक खूबसूरत सी महिला सामने आकर बच्चे के बगल बैठ गई। शायद वॉशरूम से लौटी थी, चेहरा पानी से तर था और कुछ बूँदें गर्दन से होते हुए कपड़ों पर सीझने को बेताब थीं। इसी बीच एक हल्का झटका लगा और ट्रेन रेंगती हुई मंजिल की ओर बढ़ चली।

ट्रेन की गति आहिस्ता-आहिस्ता गंतव्य की ओर बढ़ ली तो दूसरी ओर बोगी में भी मौजूद कुछ लोगों की आवाजें आने लगीं। शायद सुबह की चाय के बीच यह बातें लखनऊ की तहजीब की ही भाँति 'पहले आप' वाली थी। चाय की चुस्कियों की गूँज बंद बोगी में पीछे की सीट से स्पष्ट हो चली थी और सामने महिला मुँह घुमाकर बच्चे को दूध पिलाने के साथ ही लोरी सुनाने में व्यस्त हो गई थी। बच्चे की पीठ पर थपकी देती ममत्व भरा वात्सल्य अनुपम लग रहा था। सहसा गौर किया तो नज़र को ही 'धत्' बोलकर फेरना पड़ा। ट्रेन की खिड़की से एक-एक कर गुजरते पेड़, नहरें और मकानों, दुकानों के बीच से सरपट दौड़ते-भागते छोटे स्टेशनों के बीच रौजागाँव पर ट्रेन का ठहराव न होते हुए भी ट्रेन ठहर गई, शायद किसी ट्रेन की क्रासिंग की वजह से ऐसा हुआ होगा। तभी बोगी में आवाज गूँज उठी - ''चाय, गर्मागरम चाय।''

चाय वाले को आवाज देकर खुद के लिए एक कप लिया तो सामने महिला ने भी आर्डर कर दिया। पाँच सौ की नोट उस महिला ने बढ़ाया तो चाय वाले ने खुले पैसे न होने का हवाला दिया। असमंजस के हालात देखकर जेब से खुले पैसे देकर वेंडर को विदा करते ही महिला की ओर से थैंक्स नाम का शब्द उछल पड़ा। जवाब में हल्की- सी मुस्कान बिखर पड़ी।

करीब घंटे भर से शांत वह महिला बोल पड़ी, ''आपको कहाँ तक जाना है।''

''बनारस कैंट तक, ...और आपको?''

''वहीं तक मुझे भी जाना है'' (कहकर वो भी मुस्कुरा दी)

इस बात का अंदाजा हो चुका था कि वो महिला और उसका छोटा बच्चा ही इस समय यात्रा कर रहे हैं। बाकी बोगी में शांति बिखर चुकी थी मानो सुबह के बाद सीधे रात का सन्नाटा पसर चुका हो। इस बीच तमाम ख़बरों पर कॉल आई तो महिला ने भी अंदाजा लगा लिया।

...''जर्नलिस्ट हैं?''

''हम्म...''

''तो आपको बनारस के बारे में काफी जानकारी होगी?''

''हाँ, लगभग तो जानकारी है। आप पहली बार जा रही हैं क्या?''

''नहीं दूसरी बार जा रही हूँ, इससे पहले एक दिन के लिए गई थी और इस बार दो दिन के लिए बॉय फ्रेंड से मिलने।''

(यह सुनकर भीतर से धक्का लगा कि माँग में सिंदूर और गोद में बच्चा और मिलने जा रही है बॉय-फ्रेंड से)

सहसा, सामने देखकर बोल पड़ी - ''मत सोचिए ज्यादा, पति भी है, बॉय-फ्रेंड भी है मेरा, लास्ट टाइम उससे मिलने जा रही हूँ। मेरा बेटा देख रहे हैं न, वो भी बॉय-फ्रेंड का ही है। हसबैंड को फुर्सत ही नहीं। मरीन साइंटिस्ट हैं वो। साल-साल भर विदेशी औरतों के साथ अंटार्कटिका, नॉर्थ पोल, साउथ पोल और न जाने कहाँ-कहाँ से वीडियो कॉल करके मुझे मिस करते रहते हैं। खर्चे और नखरे तो उठा रहे हैं वो, बस फीलिंग्स को उठा लेते तो धरती से उठने में कोई तकलीफ न रहती।''

''ओह तो ये बात है।'' (उसकी विवशता जानकार सिंपैथी जतानी पड़ी)

''हाँ, मगर अब मुंबई में मरीन साइंस में वो अगले महीने आने वाले हैं। सोचा ब्रेकप कर लूँगी अपने बॉयफ्रेंड से और मुंबई चली जाऊँगी। कोशिश करुँगी कि उसे सच बता दूँ कि हम लास्ट टाइम मिल रहे हैं। गेस व्हाट....?''

"क्या?"

"मेरा बॉयफ्रेंड स्टूडेंट है, बीएचयू में पढ़ता है। उसके दोस्तों की बातें और उसकी क्लास की चर्चा फेसबुक पर सुनकर मेरा मन मिलने को हुआ तो कानपुर से आ गई थी सहेली से मिलने के बहाने। हसबैंड अचानक फॉरेन निकल गए और मैं फौरन बनारस आ गई थी, तब यह बेबी हुआ। हसबैंड इसे अपना ही मानते हैं और खुश भी हैं, भले ही शक्ल और हरकतें उनसे न मिलती हो।"

"वैसे इतना बोल्ड डिसीजन लेने में कोई हिचक तो नहीं?"

"औरतें बोल्ड ही होती हैं, उनके डिसीजन ने महाभारत तक करवा दी है। ... और आप भी कहाँ दकियानूसी बातों में पड़े हैं। कुंती और कर्ण से लेकर मेरा बेटा करन तक युग बीत गए है। फीलिंग्स की कदर कभी पैसे पर भारी पड़ती है तो कभी पैसों को लात भी मारना पड़ता है। सब कुछ पैसा थोड़ी है। कुंती के पास पैसों की कमी थोड़ी थी।"

"सही बात, वैसे भी चौरासी लाख जन्मों में एक बार ही इंसान का शरीर मिलता है, तो अपने हिसाब से भी जिंदगी न जी सको तो बेकार।" (गहरी साँस भर कर)

इग्जैक्टली पति अब आ रहे हैं तो अब गंगा स्नान यानि सारे गुनाहों को सज़दा करने निकली हूँ।" (इतना कहकर खिल-खिलाकर हँस पड़ी)

तब-तक अयोध्या स्टेशन भी गुजरने की ओर था और कहानी भी उसकी काफी स्पष्ट हो चुकी थी। ...और खिड़की से बाहर झाँकती उसकी स्त्रीयोचित कल्पना को उसकी आँखों में सजते-सँवरते और वात्सल्य की ओट से पुरुष को करती चोट भी महसूस कर रहा था।

"सुनिए, बनारस को राग-विराग की नगरी क्यों कहते हैं? इसका मजेदार किस्सा सुनाती हूँ। जब पिछली बार बनारस आई थी तो नवरात्र की सप्तमी पर मणिकर्णिका उसके साथ गई थी। वहाँ पर एक ओर चिता जल रही थी तो दूसरी ओर बार-बालाओं का डांस चल रहा था। मन मचल गया, बस फिर पीछे स्टेज पर जाकर मैं भी उनके साथ आठ-दस ठुमके लगा

आई। ...और जब स्टेज से नीचे आई तो सबकी नजरें मेरे शरीर पर अटक गईं। मुझे आइडिया नहीं था कि मैं क्या करके आई हूँ मेरा ब्रॉय फ्रेंड भी जबरन मुझे वहाँ से घसीटता हुआ अपने रूम ले गया।''

''हाँ, उस रात बनारस की नगर वधुओं के नाचने और गाने का क्रम रात भर मणिकर्णिका की चिताओं के बीच चलता है।''

''हाँ, गूगल करके बॉय-फ्रेंड ने पूरी स्टोरी पढ़ाई थी, खुद पर शर्म भी आ रही थी कि अपनी दो पल की तसल्लीं के लिए बनारस की नगर वधू तक बन गई। जमाना यही न कहता है- 'रंडी है साली'।

''अरे नहीं ऐसा कुछ नहीं, बस बाहर से अब तो नाचने वाली आ जाती हैं।'' (उसके अपराध बोध को खत्म करने का प्रयास किया)

''...नहीं, मैंने तो सिंदूर तक को छल किया है। अब नई जिंदगी शुरू करने के लिए अपने पापों को मणिकर्णिका पर तिलांजलि देना है।'' मन ही मन सवाल कौंधता रहा कि मणिकर्णिका की धधकती चिताओं के बीच इश्क़ की आँच को सेंकने वाली प्रथा का क्या, घाट पर तर्पण भी हो सकता है। सहसा ट्रेन झटके के साथ रुकी और ट्रेन की खिड़की से वाराणसी कैंट रेलवे स्टेशन पर बना अशोक चक्र झाँकता दिखा मानो समय का पहिया बनारस में आकर जवानी के ठहराव की थाह को इश्कियापे की थाप देने को आतुर हो।

19

बनारसी क्वीन

''सुनो, मैं भी राइटर हूँ कविताएँ लिखती हूँ। मंच नहीं मिला, बस फेसबुक पर लिख लेती हूँ। लोग तारिफ करते हैं तो हौसला बढ़ता है। अपनी कविताएँ प्रकाशित कराना चाहती हूँ। कैसे हो सकता है ?''

यह संक्षिप्त परिचय उस युवती का था जो फेसबुक की दुनिया में 'बनारसी क्वीन' के नाम से चर्चा बटोरती रहती थी। एक दिन इनबॉक्स में उसका निवेदन आया था उसकी कविताओं को प्रकाशित करने का-

''ठीक है, नाम, अपनी तस्वीर, मोबाइल नम्बर और कविता भेज दीजिये मेल पर।''

''ठीक है, मगर बनारसी क्वीन नाम से नहीं छप सकता? और फोटो बिना नहीं छप सकती कविता ?''

''बनारसी क्वीन ? राजा बनारस के खानदान से हो ? फोटो नहीं है तो क्षमा कीजिये हमें भी आत्माओं की तस्वीर छापने में इंटरेस्ट नहीं है।''

''ठीक है, नहीं छपवानी हमको। हुँह...

यह संवाद उस बनारसी क्वीन प्रोफाइल का आखिरी संवाद था।

इसके बाद उस प्रोफाइल ने ब्लॉक भी कर दिया था। महीनों का अंतराल लम्बा बीत चुका था, एक दिन उसी प्रोफाइल से दोबारा सन्देश आ गया -

''हाय, सॉरी बोलना था...।''

''सॉरी किस बात के लिए?''

''वो, दरसल मैं अपनी कविता छपवाने के लिए अपनी पहचान छिपाना चाह रही थी तो नाम तस्वीर कुछ भी कहीं नहीं दिखाना चाहती थी। क्योंकि, मेरे घर वालों को मेरा लिखना पसन्द नहीं। तो डरते-डरते फेक प्रोफाइल बनाकर लिखती रहती हूँ। उस दिन गुस्से में ब्लॉक कर दी थी। कई जगह ट्राई की मगर आपकी ही तरह सभी जगह से जवाब मिला तो लगा मैं ही गलत हूँ।''

''अच्छा, तो क्वीन साहिबा... अब आपकी नई शर्तें क्या हैं?''

''क्वीन नहीं, अदिति नाम है। अदिति गुप्ता। यूनिवर्सिटी में मानविकी की रिसर्च स्कॉलर हूँ। कुछ दिन में नाम के आगे डॉक्टर भी लग जाएगा। अगर आप बुरा न माने तो कंटेंट मेल कर देती हूँ।''

''ठीक है, कोई बात नहीं अदिति भेज दो।''

''थैंक्स, अदिति ही कहिए मुझे अच्छा लगेगा।''

''मगर ये बताओ, अब नाम और चेहरा छपने से किसी को आपत्ति नहीं होगी?''

''शायद नहीं! जिसे आपत्ति करनी थी वो नहीं रहा।''

''ठीक है कोई बात नहीं, मेल कर देना देख लूँगा। (चैट खत्म होने के बाद भी आधी रात तक उनकी प्रोफाइल में हरा मार्क खत्म नहीं हुआ था)

दो दिनों के बाद मेल बॉक्स चेक करने के दौरान अदिति की यूनिकोड में लिखी कविता और उसकी फोटो के साथ मोबाइल नम्बर भी था। साथ ही नोट भी था कि कॉल करने का समय रात दस से बारह बजे। कविता के बोल कुछ यूँ थे -

'तसल्ली'

''तुम्हारे सवाल कहते हैं
तुमने मेरा हाल नहीं
बल्कि बुरा दौर, बेबसी
दर्द, तकलीफें
मजबूरी, विवशताएँ
दुश्वारियाँ, आह और चीखें
महसूसकर अपनी 'तसल्ली' पूछी है।
ऐसा भी कोई अपना नहीं होता,
महसूस कर लिया होता तो
मेरी दुश्वारियों का हल लाते।
मेरी भूख पर उम्मीदों का फल लाते
मेरी प्यास पर जल लाते।''

- 'अदिति'

कविता संक्षिप्त थी, भावना प्रधान भी थी तो अगले संस्करण में प्रकाशित होने की जानकारी मेल के रिप्लाई में जाकर दे दिया। एक सप्ताह बाद फोन की घण्टी बजी, उधर अदिति थी।

''कविता पब्लिश करने के लिए शुक्रिया बोलना था आपको।''

''कोई बात नहीं, बढ़िया कविता थी। जगह तो उस कविता को बनाना ही था।''

''दरसल एक और बात आपको बतानी थी।''

''वो क्या?''

''मेरी उस क्वीन वाली प्रोफाइल पर चोरी की कविताएँ पोस्ट होती हैं। लेखक कोई और होता है, उसे सिर्फ कॉपी पेस्ट या थोड़ा मॉडिफाइड करके पोस्ट कर देती हूँ। बस खुद की तसल्ली के लिए लिखने का मन हुआ तो यह कविता लिख डाली।''

''तसल्ली? मतलब नहीं समझा।''

''मतलब ही तो मत समझिए, बहरहाल आपने मेरी कविता पब्लिश की है तो कभी मौका मिले अस्सी आइए आपको चाय पिलाती हूँ।''

''घर है आपका अस्सी पर?''

''नहीं-नहीं, मेरा घर नैनी प्रयागराज में है। यहाँ वोमेन्स हॉस्टल में रहती हूँ। बुला लेती आपको भी वहाँ मगर 'जेंट्स नॉट अलाउड' वाला मामला है।''

''हम्म, वैसे भी किस-किसको सफाई देना कि कौन है? कब से जानती हो वगैरा-वगैरा। खैर, मेरा सवाल ये था कि मेरा नम्बर कहाँ से मिला।''

''अरे बाबा, आपका मेल आया था उसमें आपका डिजिटल विजिटिंग कार्ड भी था तो वहीं से मिल गया।'' (उस नवोदित लेखिका की ओर से अबकी बेवकूफी भरे सवाल पर खिल्ली उड़ाने का जवाब था)

''ओह्ह हाँ, मैंने ही गौर नहीं किया था। चलो मिलते हैं किसी दिन अस्सी की चाय पर।''

''ठीक है, सन्डे को रखियेगा आप भी फ्री, हम भी और अस्सी भी।''

(इस बात पर दोनों की ही हँसी छूट गई थी, चाय पर मिलने के वादे संग फुर्सत वाले इतवार की बैठकी तय हुई और फोन कट हो गया)

फिर उस चाय वाले इतवार पर शाम के ढलते सूरज में उस नवोदित

लेखिका की चाय पर चर्चा का मौका आ गया था। घाट की सीढ़ियों से नीचे उतरते और कुल्हड़ में छलकने से बचाने के लिए सँभलकर उतरते कदमों ने कब गंगा की मौजों का किनारा थाम लिया, बातों ही बातों में पता भी नहीं चला। सहसा उसने ही चाय की चर्चा को बढ़ाकर मुँह मीठा कर दिया।

''जानते हैं चाय बनारसी लोग भिड़ाते हैं और हम इलाहाबादी लोग बकैती को टाइम पास कहते हैं। ...और तो और 'चाय एक मीठी जहर' पर रिसर्च करने वाले एक रिसर्च स्कॉलर ने चूहे मारने वाली दवा खाकर जान दी। अब बताइए भला, चाय पर जान देता तो उसका रिसर्च पूरा हो जाता। किस्मत ऐसी निकली कि चूहे की मौत मर गया।'' (यह बताते-बताते खुलकर हँस पड़ी थी, उसका गोरा और गोल-मटोल चेहरा और गोलू-मोलू सा शरीर खुशी में बुरी तरह आनंदित देखकर कहीं से भी नहीं लगता था कि वह प्रकाशित कविता उस बनारसी क्वीन की ही थी)

''ओय, क्या देख रहे हो? कभी मोटी लड़की नहीं देखी क्या?'' (उसने शरीर को निगाहों से निहारते ताड़कर सवाल कर दिया था)

''नहीं, बस सोच रहा था इतनी खुश रहने वाली लड़की इतनी गम्भीर कविता कैसे लिख सकती है?''

''हाँ, सही सवाल है। वही टॉपिक आपसे शेयर करने के लिए चाय पर बुलाई थी। दरअसल रिसर्च के लिए जिसके अंडर में थी वो एक दो महीने में रिटायर हो रहे हैं। खैर मेरा भी रिसर्च कम्प्लीट हो चुका है। वो मेरा बहुत ख्याल रखते थे, उनकी बेटी मेरी अच्छी दोस्त बन गई थी घर आते-जाते। जाने कब उनसे अट्रैक्शन हो गया और फिर...। खैर छोड़िए लड़की हूँ अपनी बेवकूफियाँ शेयर भी नहीं करना चाहूँगी। अट्रैक्शन के आगे आपको शायद कुछ बताने की जरूरत भी नहीं है। रिटायरमेंट से पहले तक हमारे उनके बीच सब नॉर्मल था, मेरी हेल्प भी करते थे। सडनली एक दिन नई रिसर्च वाली लड़की के साथ..। शिट, ठरकी बुड्ढा मादर...! साला प्रोफेसर के नाम पर राक्षस निकला। मुझे लगा कि उसकी बीवी बीस साल पहले मर गई। बेटी के फ्यूचर के लिए उसने शादी नहीं की। मुझे उसमें आदर्श पुरुष नजर आया, देर रात तक उसके घर पेपर वर्क

करते-करते और उसकी फीलिंग्स बताने और मुझे उसका बेवजह टच करना... यू नो समझ सकते हैं। लड़की हूँ, समझती हूँ। कुछ मेरी भी जरूरत थी बाकी उस प्रोफेसर की भी। कम्प्रोमाइज कह सकते हैं। मगर, उसके बारे में जब कहानी पता चली तो उसकी बेटी को अपना मानकर सच बता दी। यू नो व्हाट, जवाब क्या मिला? रंडी हो तुम!''

''अरे! इतना सब कुछ?'' (उसके हालात को सोचकर चिंतित होना पड़ा)

''हाँ, ...और भी बहुत कुछ जो नहीं कह पा रही हूँ। अकेली लड़की अवसर ही होती है। फिर क्या फर्क पड़ता है वो घर में हो या यूनिवर्सिटी में। आपको बताना इसलिए चाह रही थी कि लिखियेगा मेरे जैसों की स्टोरी, जरूर लिखियेगा। नाम बदल दीजिएगा। कर दीजिएगा कोई क्वीन बनारसी सरीखा नाम। बस ये जरूर लिखियेगा लड़कियाँ आगे बढ़ना चाहती हैं, मगर वो रंडी नहीं हैं। वो अगर हैं तो उनको नोचने के लिए मदद की आस लगाए अवसरवादी भेड़िए कौन हैं...? भेड़िया होना गुनाह नहीं। बस उसका भेड़ की खाल ओढ़ना अखरता है।''

और भी न जाने क्या-क्या उस बनारसी क्वीन ने अपनी भड़ास निकाल डाली। शायद उसने जो कुछ इस शिक्षा व्यवस्था में लगे घुन को देखा था वो आगे सुधार की अपेक्षा देख रही थी। बातों ही बातों में शाम की चादर तान कर रात भी अँगड़ाइयाँ लेने लगी थी। घाट भी इस इतवार फुर्सत के बाद थकावट उतारने पर उतर आया था। उसने विदाई से पहले एक और चाय पिलाने की जिद की तो मना नहीं हो सका। कुल्हड़ डस्टबिन का रुख किया तो बोल पड़ी।

''सुनिए, मर्द हो तो हकीकत लिखकर दिखायेगा पढ़कर बताऊँगी कि सब पुरुष एक जैसे ही होते हैं या उनमें भी कोई नेक फीलिंग्स होती है।''

''हम्म, जरूर कोशिश रहेगी कि बनारसी क्वीन को शब्दों में ढाल सकूँ।''

ऑटो में बैठते हुए बोल पड़ी - ''कोशिश करने वालों की कभी हार

नहीं होती।''

चेहरे पर स्माइल देकर मुस्कुराती हुई क्वीन को बीचयू की ओर जाते देखकर लगा मानो महामना की बगिया में एक दिलेर मगर संवेदनाओं से तर एक अनोखा फूल है जो यहाँ आने से पहले कली हुआ करती थी।

20

बनारसी ठग

सुंदरपुर के गोपाल बाबू की चौखट पर अँजोरिया होने से ठीक पहले से हंगामा मचा हुआ था। चारों ओर मॉर्निंग वाकरों की भीड़ तमाशा देखने में लगी हुई थी। जितने मुँह उतने जुबान हर आने-जाने वाला गुरुजी की परवरिश और उनके लड़के गोलू पर थू-थू कर रहा था। उधर उनकी चौखट पर एक औरत जो दो बच्चों के साथ आई थी वह जोर-जोर से चीख रही थी।

"कहाँ छिपा रखे हो मेरे खसम गोलू को? बुलाओ तो चूड़ियाँ पहनने वाले हाथ आज गिरेबान तक पहुँच गए हैं। दोनों बच्चे भी साथ लाई हूँ, मुद्दत से बाप का चेहरा भी नहीं देखे थे। इन बच्चों का भी करेजा ठंडा हो जाए जरा।

उधर, गोपाल बाबू बंद गेट से भीतर से उस औरत के हाथ जोड़ जोड़कर मनुहार कर इज्जत की दुहाई देते तो वह नेपाली औरत और भी भड़क जाती। जिद एक मात्र थी कि गोलू को सामने लाया जाए। वह गोलू

जो गली मोहल्ले का शैतान बच्चा तो था मगर बीस-बाइस साल की उम्र में चार-छह साल के दो बच्चों का पिता तो कतई नहीं हो सकता था। भीड़ और बवाल बढ़ा तो किसी ने पुलिस को फोन कर दिया। थोड़ी ही देर में बाइक सवार पुलिसकर्मियों की फौज आ गई और भीड़ को तितर-बितर कर गोपाल बाबू और बरमुडा में बेटे को जबरन घर से निकालकर थाने की ओर रुख कर दिया। महिला उधर घर के दरवाजे पर ही दोनों बच्चों संग बैठी रही। चौखट पर दो महिला सिपाहियों की तैनाती के बीच वह नेपाली औरत अपने दो बच्चों के साथ रोते-रोते थककर चूर हो गई और बैठकर बच्चों का माथा सहलाने लगी थी। मन नहीं माना तो पड़ोस की सरिता चाची पानी लेकर पहुँच गईं।

-''लियो बिटिया पानी पी लो गला भर आवा है रोवत-रोवत।''

पानी पिलाकर सरिता चाची बेटे से चार कुर्सी मंगाकर महिला सिपाहियों और उस नेपाली महिला को बैठाकर मानो चौधराइन बनकर मामले का निपटारा करने बैठ गई थीं। उधर नेपाली महिला ने भी अपनत्व महसूस की तो फफक पड़ी। चाची के कंधे पर सिर रखकर बोल पड़ी।

''मिर्जापुर बरकछा में घर है चाची, पति हमारे ठेकेदार हैं...ज्यादातर घर से बाहर ही रहते हैं। ई गोपाल का लड़का गोलू हमारे घर किराए पर आया था रहने। हम पहाड़ी लोग नहीं समझते कि इतना शातिर होगा। घर पर किरायेदार नहीं परिवार का सदस्य समझकर साथ रखे थे। कई बार मार्केट भी उसके साथ करने चले जाते थे। एक दिन घर पर अकेली थी तो उसने.... जबरन।''

बताते-बताते फफक पड़ी, तब तक मोहल्ले की तमाम औरतें भी किस्सा सुनने पहुँच गई थीं। उधर, महिला सिपाहियों में भी केस में उत्सुकता जाग पड़ी थी।

''अरे ई गोलुआ इतना बदमाश होगा अंदाजा ही नहीं था। सरिता चाची ने उँगली होंठों में दबा दी तो दो चार मोहल्ले की औरतों के मुँह से राम-राम निकल पड़ा।''

उस महिला ने पानी का अगला घूँट हलक में उतारकर आगे बताना शुरू किया-

''एक बार क्या कई बार उसने मेरे साथ गलत काम किया। अगर मना करती तो पति को बताने की धमकी देता। मेरा मोबाइल पर वीडियो तक बना लिया। फिर एक दिन बोला तुम खूबसूरत हो रानी बनाकर बनारस में रखूँगा, बच्चों को छोड़ दो यहीं। बताओ, एक औरत भला अपने बच्चों को छोड़ दे? मना कर दी तो मेरे पति को बोल दिया इसका मोहल्ले के तमाम लफंगों से चक्कर है। जाने क्या मेरा वीडियो बनाकर दिखा गया पति को कि वो नेपाल नाराज होकर चला गया है। बोल रहा मर जाऊँगा मगर तुम्हारा मुँह नहीं देखूँगा।''

''अब बताओ भला मेरा क्या होगा? अब मैं कहाँ जाऊँगी बच्चों को लेकर? नेपाल अपने घर किस मुँह से जाऊँगी बदचलन का ठप्पा लेकर?''

''च्च, च्च, च्च, राम-राम-राम सरिता चाची ने ही मोर्चा संभाल लिया कि बताओ ऐसे लोग भी मोहल्ले में बस गए। थाना पुलिस भी पड़ोस में होगा सोचा नहीं था। कौन कहेगा भाई इसे शरीफों का मोहल्ला? बताओ बताओ...?''

कुछ महिलाओं ने चाची की हाँ में हाँ मिलाई तो कुछ ने चाची की पड़ोसन वाली सियासत समझ वहाँ से खिसकने की जुगत लगानी शुरू कर दी।

इतने में पुलिस की गाड़ी आई और उस महिला को साथ थाने ले चलने का निवेदन करने लगी। मगर वह महिला टस से मस होने को तैयार नहीं हुई, उसे तो बस दो बच्चों के साथ गोपाल बाबू की बहू बनना था। महिला सिपाहियों ने उसे समझा-बुझाकर गाड़ी में बैठाया और मोहल्ले का मजमा हट-बढ़ जाने से चाची की चौखट की मानो माँग उजड़ गई।

उधर थाने में महिला दारोगा ने भी जिद पकड़ ली थी कि बाप बेटे दोनों को लट्ठ बजाकर अंदर करना ही पड़ेगा। उधर नेपाली महिला भी

अपने दोनों बच्चों के साथ गोपाल बाबू की बहू बनने की जिद पर अड़ी थी। लाख समझाया लेकिन तहरीर लिखने को तैयार नहीं हुई, उसकी जिद की कानून में कोई व्यवस्था नहीं थी। पुलिस के हाथ मुजरिम भी था और गवाह भी, बस गवाह की जिद की वजह से दोपहर तक मुकदमा नहीं लिखा जा सका था। जिच कायम थी और महिला की जिद भी। सवाल वाजिब था उसका घर उजड़ चुका था, उसके पास खोने को अब कुछ भी नहीं था। अब पुलिस के सामने समझौते के अलावा कोई विकल्प भी नहीं था, लिहाजा लाख रुपये देकर नेपाल से महिला के पति को बुलाकर पुलिस ने उसे पत्नी उत्पीड़न में फँसाने की धमकी क्या दी वह चट-पट पत्नी को साथ लेकर चल पड़ा। आधी रात होने तक थाने में केस के निपटारे के साथ एक पत्नी की थाने से घर विदाई होने के साथ केस सॉल्व हो गया। दूसरी ओर गोपाल बाबू की इज्जत लाख रुपए में थाने से नीलाम होने से भले बच गई मगर मोहल्ले में उसे नीलाम करने का ठेका सरिता चाची ने आज तक ले रखा है।

21

इश्क़ का दान

सावन के उस सोमवार हर-हर बम-बम के मूड में काशी का कोना-कोना शिवमय हो चुका था। चारों दिशाएँ घन्ट-घड़ियालों और आस्था की कतार से ओत-प्रोत होकर मानों शिवनगरी को सावन की आध्यात्मिक हरियाली से तर करने को आतुर हों। रिमझिम बारिश की फुहारों ने चारों दिशाओं को बादलों की गड़गड़ाहट के बीच भारी बारिश की आशंकाओं को भी बलवती कर रखा था। शिवपुर मोहल्ले में भी सुबह स्थानीय शिवालय में जल्दी-जल्दी जलाभिषेक कर लोग अपने रसोई का चूल्हा जलाने को तैयारी किये बैठे थे। बादलों की गड़गड़ाहट थी कि उस सुबह थमने को मानो तैयार ही नहीं थी। सहसा गीतिका जो बाहर फुलवारी में तुलसी के पास रखे 'नर्मदेश्वर महादेव' को जल चढ़ाकर रसोई में लौटी ही थी कि किसी साधु के बुलावे पर रसोई से कटोरी में आटा और 11 रुपये लेकर चल पड़ी गेट की ओर। सामने देखा तो इकहरा बदन और घनी काली दाढ़ी के बीच अनोखे तेज से दमकते माथे पर त्रिपुंड उस युवा योगी को सावन में शिवभक्त सरीखा स्वरूप देता नजर आ रहा था। गेट खोलकर

गीतिका ने कटोरी का आटा झोली में डालने का इशारा किया और रुपये हाथ में थमा दी। कटोरी पूरी झोली में झाड़कर गीतिका ने प्रणाम की मुद्रा में उस युवा योगी को विदाई देनी चाही तो जवाब में योगी ने - ''सदा खुश रहो गीतू'' का आशीष देकर झोली बाँधनी शुरू कर दी।

''गीतू! ये बताओ तुम... तुम संजय?''

''न न सिर्फ योगी'' (कहकर योगी ने वहाँ से चलने का उपक्रम शुरू किया ही था कि गीतिका ने हाथ उसका पकड़ लिया, आसमान में मानो सैकड़ों बिजलियाँ एक साथ कड़क पड़ीं और अचानक जोरदार बारिश ने योगी और गीतिका को धोना शुरू कर दिया। गीतिका ने योगी को जबरन खींचकर गेट के अंदर कर बारिश से बचाकर मानो कोई जंग जीत ली हो)।

काले बादलों से अटा पड़ा काशी का आसमान और बादलों को चीरती, छलनी करती बिजलियों का तमाशा ऊपर आसमान में ही नहीं बल्कि धरती पर भी चल रहा था। जाने कितनी बिजलियाँ किस-किस ओर का रुख कर चुकी थीं अंदाजा न तो उस योगी को था और न ही योगी की गीतू को। जब तक गेट के भीतर छज्जे की आड़ में गीतू, योगी बने संजय को लेकर आती तब तक बारिश की बूँदों ने न जाने कितने लम्हों को बूँदों में ढालकर पलकों से निढाल कर दिया था।

छज्जे की ओट में आकर गीतू ने अपने हाथों से योगी के चेहरे का हर भाग सहलाकर तसल्ली करनी चाही कि यह संजय ही है। उसका क्लासमेट और सबसे होनहार अव्वल आने वाला लड़का, जिस पर कॉलेज की सभी लड़कियाँ फ़िदा रहती थीं। मगर, वह संजय जिसने गीतिका को प्यार भरा नाम गीतू दिया था मानो आज धृतराष्ट्र बन गया था। गीतू की ओर निहारना भी नहीं चाह रहा था। चहुँ-ओर कड़कती बिजलियों और तेज धम-धम करते सावन के बादलों ने मानो सुबह की रंगत को हरियाली से तर करने का जोखिम उठा रखा था।

''सच बताओ संजय, यहाँ मेरे घर का पता तुमको किसने दिया और यह तुमने अपना हाल क्या बना रखा है?'' (एक ही साँस में गीतिका ने सवाल न पूछा हो मानो एक उम्र का हिसाब माँग लिया हो)

न न बस योगी का हठ टूटने लगा था, नाम जुबान पर आ गया था। नहीं आना था, गुनाह योगी से भी तो हो सकता है। ''क्षमा करना, अब जाने दो, कोई देखेगा तो क्या कहेगा।'' (गीतिका के माथे पर बारिश की बूँदों के साथ ही माथे पर धुलकर आते सिंदूर को देखकर योगी के भाव भंगिमाओं ने जाने कितने रिश्तों की लाज रखने की अपनी वचनबद्धता को दोहरा दिया था)

''तुम क्यों चिंता कर रहे हो, ...और अब तो मेरी कोख में एक उम्मीद भी जन्म लेने वाला है। वैसे भी घर में अकेली हूँ और वो स्कूल पढ़ाने गए हैं।'' (नजरें चुराते हुए गीतिका ने आगे की उम्मीदों को संबल देना चाहा)

''हाँ, जानता हूँ वो टीईटी पहले बैच का पास आउट था।'' (योगी ने मानो अपने संजय होने की अस्वीकार्यता को कुबूल लिया था)

''मगर ये हुलिया तुमने अपना क्या हाल बना रखा है? मुझे तो कुछ समझ ही नहीं आ रहा है।'' (गीतिका ने भी संजय के योगी स्वरूप को देखकर अचरज व्यक्त किया)

उधर योगी बने संजय ने भी गहरी साँस लेते हुए, अपनी दास्तान को गीतू के सामने रखना शुरू कर दिया - ''योगी बन गया हूँ, वैराग तो उसी दिन से धारण करने का मन कर लिया था जिस दिन अस्सी घाट पर गीतू ने गंगा माई की कसम धरते हुए भूल जाने की भीख माँगी थी। ... वह दिन है और आज का दिन गंगा माई में जाने कितना पानी बह चुका है। आँखों से भी बहुत पानी बहा था। जाने कितनी रातें आँखों में काटनी पड़ी थीं। फिर मन में वैराग आ गया और गुरु की तलाश करते-करते योग धारण कर लिया। अब न तो किसी के प्रति आशक्ति है और न लगाव। पहले लगाव का दर्द नहीं जाता है अब नंगे पैर लगने वाले घाव का दर्द नहीं जाता। गुरु जी कहते हैं नंगे पाँव चलने के लती हो जाओगे तो घाव भी भाव नहीं खाएँगे। योग का पहला दान घर से लेकर निकला तो लगा योगी का जीवन सफल हो गया। तुम्हारी चौखट पर किस्मत ले आई थी, भीतर का योगी भी टूट गया और 'गीतू' बोल बैठा। क्षमा चाहूँगा, अंदाजा नहीं था कि तुम यहाँ ब्याही गई हो।'' (हाथ जोड़ते हुए)

"क्या, तुम घर से भी योगी बनकर दान ले आए।" (गीतिका के आश्चर्य का ठिकाना नहीं रहा)

"हाँ, माई ही कटोरा लेकर दान देने आई थीं, मेरी गुमशुदगी के बारे में बताते हुए उनकी आँखें छलक आई थीं, बोलीं- जोगी बाबा, दुआ करो मेरा बेटा लौट आए। जाने कहाँ चला गया है, न कोई खोज न कोई खबर। सामने बेटा खड़ा था और माई को तलाश खोए हुए बेटे की थी।"

"बलिया जाकर अपनी माई की बात सुनकर कलेजा तो चाक हुआ मगर छाती से लगाकर उनको अहसास दिलाया कि जहाँ भी है तुमको बहुत याद करता है। ...और आज देखो बनारस आया तो गीतू ने भी दान दे दिया। जोगी को और क्या चाहिए? नेह के बंधन ने आज पूरी तरह टूट कर मुझे आजाद कर दिया। माई ने जन्म दिया, गीतू ने जीवन सिखाया। अब दुनिया को सीख देने गुरु परंपरा का निर्वहन ही मकसद है। वैसे भी तुम्हारे बनारस में तो सब गुरु ही हैं न।"

गीतिका को वह बात याद आई जब अस्सी घाट पर चाय की चुस्कियों के बीच उसने ही बलिया के संजय को बनारसी पने से अवगत कराया था। जब बनारस में सभी के गुरु होने की बात कही तो संजय के मुँह से चाय की फुहार हँसी के साथ छूट पड़ी थी और छूटते ही बोल पड़ा था - "गुरु या गुरु घंटाल?"

हाँ, सच ही कहा था उस दिन संजय ने बनारसी ठग होते हैं, दिल ठगा था एक बनारसन ने उसका और ठगी का शिकार संजय आज उसके सामने था और वह ठगी महसूस कर रही थी खुद को।

नौकरी वाला लड़का मिलने के बाद घर वालों की जिद के आगे नौकरी की तलाश में लगे संजय को भूलने की कसम खा चुकी गीतिका ने आखिरकार अपने घरवालों की अपेक्षा के बोझ तले रिस रहे रिश्ते को तोड़ने के लिए चुना भी तो उस पौराणिक घाट अस्सी को जहाँ गंगा माई की कसमें खाकर जन्मों के सम्बन्ध मधुर हो जाते हैं। घाट-घाट का पानी पीकर जिसे राह न मिले उसे इस घाट पर तुलसी का मानस गान मोक्ष की ओर ले जाता है, मगर इस बार इश्क़ को मोक्ष देने की आस में गीतू ने मुलाकात कर

उसे गंगा माई की किरिया थमा दी थी। ...और गंगा माई के दियारे में पला बढ़ा संजय भी उस शाम गीतिका के जाने के बाद आधी रात तक अस्सी की सीढ़ियों पर बैठा जाने क्या क्या सोचता रहा। तड़के घाट पर स्नान को पहुँचे गुरु महाराज ने निढाल लड़के को देखकर उसे सहारा देकर आश्रम की चौखट पर आसरा क्या दिया संजय को जीवन के महाभारत से मुक्ति मिल गई।

इधर, बारिश की बूँदों ने अपनी रफ्तार थाम ली और बातों और यादों की थाह ले चुकी बरसात ने भी विराम लिया तो योगी संजय ने भी अपनी गीतू को प्रणाम की मुद्रा में विदाई की अनुमति माँगी तो चला-चली की बेला में दूसरी बरसात आँसुओं की थी वह भी दोनों तरफ। एक बादल की तरह आया और झोंके की तरह निकल गया। गीतू गेट पर खड़ी संजय को दूर गली के मोड़ तक जाते हुए निहार रही थी कि वह अब पलट कर देख ले। उधर संजय का वैराग्य अस्सी घाट पर गंगा माई की किरिया को थामे लंबे कदमों से दूर बढ़ चला था।

www.ingramcontent.com/pod-product-compliance
Lightning Source LLC
LaVergne TN
LVHW041203180726
843490LV00005B/1858